항일여성독립운동가
30인의 시와 그림

나는 여성독립 운동가다

붓으로 한 분 한 분의
항일정신을 그리며...

아들아
옥중의 아들아
목숨이 경각인 아들아
칼이든 총이든 당당히 받아라

―조마리아 애국지사를 위한 시 가운데서―

안중근 어머니 조마리아 여사를 기리는 이윤옥 시인의 시를 앞에 놓고 한 참을 망설였습니다. 어떻게 조마리아 여사의 나라사랑 정신을 그려낼까 말입니다. 일본순사를 호령하던 어윤희 여사가 그러하고 무명지를 뚝 잘라 조선독립원 혈서를 쓰던 남자현 여사 또한 그러했습니다. 특히 수원의 논개 김향화 애국지사 그림은 영국 런던 체류 중에 마음이 동해 그렸던 그림입니다. 오롯이 그분들의 심정이 되어야 했지만 어찌 한낱 화가에 불과한 내가 그런 심정의 만분의 일이나 감히 느낄 수 있으리오. 다만, 내가 이렇듯 한 분 한 분 애국지사의 그림을 그리게 된 것은 항일여성독립운동가들을 찾아 외롭게 그리고 고통스럽게 시를 쓰는 후배 이윤옥 시인의 짐을 조금이라도 덜어주어야겠다는 마음에서였음을 고백합니다. 이윤옥 시인께 마음의 큰 손뼉을 보내며 아울러 항일여성독립운동가를 알려내고 드높이는 일을 위해 동분서주하는 한국문화사랑협회 김영조 회장님께도 격려를 보냅니다.

4346(2013). 8. 15
화가 이 무 성

2007 한·일 빛 전(일본 오사카)
1959-2013 서라벌미술동문회원
2010-2013 목멱문향 공연 외 17회 배경영상 그림 작업
2011-2012 『서간도에 들꽃 피다』〈1〉〈2〉〈3〉 삽화 작업
2012-2013 항일여성독립운동가 시화 작업 (인사동 갤러리 올 전시)
2007-2013. 8 현재 날마다 쓰는 한국문화편지 "얼레빗으로 빗는 하루" 삽화 작업 중

이 땅의 여성독립운동가들을
가슴 속 깊이 보듬으며...

아! 우리 동포들아 기회는 두 번 다시 오지 않으니 때를 당하여 맹렬히 일어나 멸망의 거리로부터 자유의 낙원으로 약진하라. 자유가 속박에 사는 것 보다 나으리라.

위는 1983년 목포정명여자중학교 천장 공사 중 발견된 격문 "우리 이천만 동포에게 경고함" 의 일부입니다. 당시 이 여학교에 다니던 곽희주(19살), 김나열(14살), 김옥실(15살), 박복술(18살), 박음전(14살), 이남순(17살), 주유금(16살)은 1919년 만세운동 이후 실로 93년만인 2012년 8월 15일에서야 독립운동가로 인정받았습니다.

이렇게 이 땅에는 일제에 나라를 빼앗긴 뒤 불굴의 의지로 독립운동을 한 여성들이 참으로 많습니다. 안타까운 것은 "유관순 열사" 외에 여성독립운동가들의 이름이나 행적을 우리들이 잘 모르고 있다는 사실입니다. 이러한 잘 알려지지 않은 여성독립독립운동가들을 알리기 위해 쓴 책이『서간도에 들꽃 피다』⟨1⟩⟨2⟩⟨3⟩ 시집입니다. 말이 시집이지 이는 그들이 몸부림치며 찾고자 했던 독립운동의 현장을 다니며 기록한 역사서입니다.

그러나 항일여성독립운동가를 더욱 더 알려내기 위해서는 도록이 필요했습니다. 마침 고맙게도 서대문형무소역관 도움으로 이 책이 세상에 나오게 되었습니다. 특히 도록이 나오기까지 한 분 한 분 그림과 시를 정성껏 써 주신 이무성 화백님, 영어로 시를 번역해주신 박혜성 박사와 교포 학생들, 일본어 번역을 맡아주신 우에노미야코 시인, 한시를 번역해주신 한학자 소병호 선생님께 깊은 감사 말씀 올립니다. 고맙습니다.

4346(2013) 제68주년 광복절을 맞이하며

시인 이 윤 옥

『문학세계』시 부문 등단. 문학세계문인회. 세계문인협회 정회원. 현 한일문화어울림연구소 소장.
지은 책으로는 우리말 속의 일본말 찌꺼기를 시원하게 풀이한『사쿠라 훈민정음』
표준국어대사전을 비판하는『오염된 국어사전』
일본 속의 한국문화 유적지를 파헤친『신 일본 속의 한국문화 답사기』,『일본 속의 고대한국 출신 고승들의 발자취를 찾아서』등이 있다.
시집으로는 친일문학인 풍자 시집『사쿠라 불나방』. 항일여성독립운동가를 다룬 시집『서간도에 들꽃 피다』⟨1⟩⟨2⟩⟨3⟩과 영문판 시집
『41heroines, flowers of the morning calm』등이 있다.
누리편지 : 59yoon@hanmail.net

I would like to thank all of the students of the Korean Volunteer Outreach Program who spent countless hours translating the poetry collection written by poet, Yoon-Ok Lee. I think that the exhibit is a wonderful presentation for people in remembrance of the 3.1 movement in Seoul.

Understanding this, the students worked extremely hard to translate these original poems from Korean to English. They consulted their parents, teachers at school, peers and other students in the program as they perfected their translations.

Through this process, they feel that they were able to understand, at a deeper level not only the sadness that the women leaders felt, but also how brave the women must have been during the Japanese invasion period. With this translating experience, the students came to love Korea even more and become more patriotic towards their homeland. Thank you.

Hyesung Park, Ph.D.
Director The Korean Cultural Volunteer Outreach

(여성독립운동가) 시화전을 축하하며....

이렇게 이윤옥 시인의 시를 학생들이 번역하여 미국에서 출판할 수 있게 해주신 이윤옥시인님께 우선 감사의 말씀을 드리며 8 · 15 광복절기념 시화전을 서울에서 열게 된 것을 축하드립니다. 학생들이 정성을 들여 번역했으나 매끄럽지 못한 부분은 어여쁘게 봐주시면 고맙겠습니다. 또한 학생들은 이 시작업을 통해서 일제강점기의 대한민국의 실상황을 간접적으로 느낄 수 있었으며 그를 통해 애국심을 더 고취할 수 있었습니다.
다시 한 번 감사드립니다.

대한민국문화알리미
청소년홍보대사 박혜성 올림

叙愚見于女性獨立運動家詩畫展

濟山　蘇炳鎬

人有恒言曰 根源深遠之水木 不倒渴於風旱. 乃若我韓民族則倍達之後裔歷年九千餘歲矣.因而我國自古傳授日本以文字及生活文化.故韓國是日本文化之恩師國也. 然維新後日帝用武力併呑韓國搾取韓民族以恣行背師忘德.一人之背師且 猶罔赦之免大罪.而況一國之背師乎. 於此有女性獨立運動家焉. 此數十人盡爲祖國獨立.喜捨身命之先覺先驅者也.而光復至于金半世紀以上其述泯然霧中.近者賴李潤玉先生之苦勞始見脚光於是乎名聞於人事著於世豈非天幸也哉.不禁晚時之歡嘆竝自愧而已.今世之人應不忘先烈所瀉之血淚.不然則此是毀本損害祖也.背忘忘莫大於此 矣.何待得加被耶.希願今此展示會非但爲愛國愛族之龜鑑亦爲韓日修好增進及歪史正立之樞.衷賀詩畫展

근원이 깊은 물과 나무는 바람과 가뭄에 쓰러지거나 마르지 않는다고 합니다. 우리 한민족으로 말하자면 배달의 후예로 그 역사가 9천년이 넘습니다. 그리하여 우리나라는 예로부터 일본에 문자와 생활문화를 전해준 일본문화의 은사의 나라입니다. 그러나 명치유신 후 일제는 무력을 사용, 한국을 집어 삼키고 한민족을 착취함으로써 스승을 배반하고 은혜를 저버렸습니다. 한사람이 스승을 배반해도 용서 못할 큰 죄이거늘 하물며 한 나라가 스승을 배반함에 있어서라!

여기 여성독립운동가 수십여 명이 계십니다. 이 분들은 모두 조국의 독립을 위해 기꺼이 목숨을 내놓은 선각자요 선구자들인데도 광복 후 지금까지 반세기 이상 그 자취가 안개 속에 가려 있었습니다. 그러다가 최근에 이윤옥 선생의 진통 같은 노력으로 각광을 받아 이제야 비로소 그 이름이 알려지고 공적이 드러나게 되었으니 어찌 천행이 아니리오? 만시지탄과 함께 자괴감을 느낄 뿐입니다.

지금 우리는 선열들이 흘린 피와 눈물을 잊어서는 아니하겠습니다. 만일 그렇지 않으면 이는 뿌리를 훼손하고 조상을 해치는 일이라 이보다 더 큰 배은망덕이 없으니 어떻게 신명의 가호를 기대하겠습니까?

바라건대 이번 전시회가 나라의 귀감이 될 뿐아니라 한일간 우호증진과 왜곡된 역사를 바로 세우는 계기가 되었으면 합니다. 진심으로 시화전을 축하합니다.

소병호　삼가 쓴

「詩画展によせて」

どの国の歴史においても、記録に残る書物は当時の権力者の手によって書かれた支配階級の記録であると言っても過言ではない。数千年にわたり大地や海と共に生きて来たはるかに多くの人々は、権力者や侵入者の支配のもとで、戦乱や天災、貧困に翻弄されながらも切実な生命の希求に営々と民びとの暮らしをつないできた。

特に、文字や書物から遠ざけられ、ただ身を粉にして過酷な労働に励むしかなかった女性や子どもたちの姿は、こんにちも世界中で見られ、社会に取り残された大きな悲惨な課題であるが、ここにイユノク氏の手で、その女性たちが蘇った。

イユノク氏は『西間島に野の花が咲いて』の1巻につづき、第2巻を出版なさった。

私はこの第2巻目の日本語翻訳という光栄な機会をいただいたが、この翻訳は本当に記憶に残る仕事となった。日本語に非常に優れた才知と資質を持っていらっしゃるイユノク氏は、私へ最良の手助けをしてくださり、そのおかげでこの意義ある詩集の翻訳を終えることが出来た。この詩集を通じて、苛烈な日帝時代に自らの犠牲をいとわず、祖国のために命を捧げた30人の女性に出会ったことは、私の人生の中でも唯一無二の貴重なものになった。心から感謝を申し上げます。

現代の日本に住む私には、当時のこの30人の女性たちが戦った広大な土地が、どのような場所であったのか知ることは出来ないが、そこを訪れ一人一人の熱い思いをくみ取ろうとしたイユノク氏の詩人の心と、その女性たちへの真摯な尊敬は十分に感じることが出来た。私もその思いを大事にし、また同時に一人の女性としての共感を日本語に込めて翻訳することを心掛けた。

初めて知る女性たちが多くいらっしゃり、大いに学ぶ点があった。同時に日本の歴史を知る貴重な認識の場でもあったことは言うまでもない。

歴史書の闇に埋もれようとする女性たちに光を当て、もう一度彼女たちを現代の世に送り出したイユノク氏の詩集は、何よりも勇敢に戦った彼女たちへの賛辞であり、祈りであり、これからの世を生きる女性たちへの鋭い問いかけになるであろう。

善き妻であり、母であり、娘や祖母であった女性たちがその幸せな家庭を発ってのち、強い意志を持ち、さまざまな辛苦に耐え抜いて死をも厭わなかった根源には、やはり国を包む深い女性の愛があったのであろう。これは、イユノク氏がその愛を感じとり、名を残した人々は勿論のこと、水原の論介と呼ばれ、美しい源氏名を持った33人もの花たちや、まだ幼い少女のころに果敢に戦い、蕾のままに散った多くの可憐な花たちにも温かい共感と、深い賛辞の念を表していることから読み取ることが出来る。

このような貴重な出会いの機会を与えて下さったイユノク氏に感謝するとともに、この詩画展が多くの人々の参加により成功のうちに終わることを願ってやみません。

合わせて、今回の詩画展を引き受け、絵を描いてくださるイムソン画伯のご尽力に深い賛辞を申し上げます。

2013. 8. 5
詩人　上野　都

(항일여성독립운동가) 시화전에 부쳐

시인　우에노미야코

어느 나라나 역사의 기록으로 남는 책은 당시 권력자의 손에 의해 쓰여 지배계급의 기록이라고 해도 과언이 아니다. 수천 년 역사 속에 살아온 사람들은 권력자와 침입자의 지배 아래서 전란을 겪고 때로는 천재지변과 빈곤에 시달리면서도 절실한 생명의 희구를 염원하며 생활을 영위해 왔다. 특히 문자나 책으로부터 소외된 채 단지 분골쇄신하면서 가혹한 운명에 몸을 맡긴 여성이나 어린아이들의 모습은 오늘 날에도 세계 여러 나라에서 볼 수 있으며 지구촌 사회에 남겨진 커다란 비참한 과제이다.

여기 이윤옥 씨의 손으로 그러한 여성들이 세상 속으로 빛을 찾아 나왔다. 이윤옥 씨는 <서간도에 들꽃 피다> 2권에 이어 3권을 출판했다. 나는 영광스럽게 2권의 일본어 번역을 맡게 되었으며 이 번역은 정말 기억에 남는 작업이었다. 일본어에 매우 뛰어난 재능과 자질을 갖고 있는 이윤옥 씨의 조언을 얻은 덕택에 이 뜻 깊은 시집번역을 마칠 수 있었다.

이 시집을 통해 가혹한 일제시대에 스스로의 희생을 무릎 쓰고 조국을 위해 목숨을 바친 여성독립운동가 30여명과 만나게 된 것은 내 인생에서 유일무이한 소중한 체험이 되었다. 마음으로부터 감사의 말씀을 드린다. 현대 일본에 사는 나는 한국의 여성독립운동가 (이번 번역은 30명)들이 활약한 광대한 중국 땅이 어떠한 곳이었는지 알기 어렵지만 그 땅을 찾아 한 분 한 분 여성독립운동가들의 발자취를 찾아 나선 이윤옥 씨의 마음과 그 여성들에 대한 진지한 존경심을 충분히 공감할 수 있게 되었다. 나 역시 그 마음을 소중히 여김과 동시에 한 사람의 여성으로서 공감하여 일본어 번역에 최선을 다하였다.

번역하면서 처음으로 한국의 여성독립운동가 많이 계시다는 것을 알았고 내 자신 많이 배웠다. 또한 일본의 과거역사를 아는 귀중한 인식의 장이 되었음은 말할 나위 없다. 좋은 아내이며 어머니이자 딸들이 자신이 나고 자란 조국에서 행복한 가정을 꾸리지 못하고, 현실을 박차고 나가 강인한 의지로 형용할 수 없는 고통을 견디며 죽음을 불사하던 정신의 밑바탕은 이 여성들이 지닌 깊은 조국사랑 정신이었을 것이다. 그리고 이러한 사실은 이윤옥 씨가 그러한 사랑을 깊이 이해하고 이 분들의 이름을 남김은 물론이고 수원의 논개라 불리는 아리따운 33명의 기생들, 아직 어린 나이에도 광복군에 뛰어 들어 과감하게 적과 대처하던 수많은 가련한 꽃봉오리들에게 따뜻한 공감과 찬사를 보내고 있는 데서 깨닫게 되었다.

이와 같은 귀중한 한국의 여성독립운동가들을 만난 기회를 준 이윤옥 씨에게 감사의 말씀을 전하며 이 시화전에 많은 분들이 참가하여 성공적으로 마칠 수 있게 되길 바란다.

아울러, 이번 시화전 그림을 맡아 그려주시는 이무성 화백님의 노고에 깊은 찬사를 드립니다.

2013.8.5
시인　우에노미야코

*위 번역은 이윤옥 한일문화어울림연구소장이 맡았습니다.

항일여성독립운동가
30인의 시와 그림

나는
여성독립
운동가다

곽낙원의 억척 어머니
겨레의 큰 스승 백범김구 길러낸

이무성 畵
이윤옥 詩

곽낙원 (郭樂園, 1859.2.26~1939.4.26)
곽낙원 여사는 겨레의 큰 스승 백범 김구선생의 어머니로 어려운 여건 아래서 중국땅에 세운
대한민국임시정부와 고락을 같이한 '겨레의 어머니' 이다.

비탈진 언덕길 인천형무소 터인 지금
찜질방 들어서 사람들 웃음꽃 피우며 여가 즐기지만
어리고 어여쁜 백범 서른 잡혀서
　　사형 집행을 기다리던 곳

국모 살해범 죄치다른 혀탄한 사형수 아들 위해
고향 해주떠나 남의 집 허드렛일로 밥 얻어
감옥 드나들며 아들 옥바라지 하신
어머니

삼남 지방으로 쫓기는 아들
마름 사서 머리깎고 중 된다고 소식 들었을 때
애간장 타셨을 어머니

인과 신 어린 손자 두고
먼 이국땅서 눈 감은 며느리 대신하여
빈 젖 물리며 길러 내신 어머니

상해 두곤복 배추 시래기 주어
애국청년 배 채우고
광복 위해 뛰는 동포 돕는 바라지로
평생 등이 굽은 겨레의 어머니

오늘도 허리띠 질끈 동여 매고
오른 손에 밥사발 든
어머니
겨레에게 건네는 말 나지막이 들려온다

너희가 통일을 이루었느냐!
너희가 진정 나라를 되 찾았느냐!

Nak Won Kwak (1859-1939),

The Mother who raised the Great Master, Baekbeom Kim, Gu
(Translated by Heather Jeong)

On a hillside where the Incheon prison was once located,

Today there lies a sauna where people bloom with laughter and gossip

Long ago this was where old Baekbeom Kim Gu waited for his execution

After this son killed the Queen assassinator, Tsuchida,

The mother left her home town, Haejoo and became a maid to obtain food

Constantly visiting the prison, the mother took care of her son,

Her son who was being chased by the soldiers down south

When Baekbeom stopped talking to her with his shaved head to become a monk,

This was the mother who was in panic

Leaving her two young grandchildren, In and Shin,

In place of her daughter-in-law who passed away in a distant foreign country,

She breast fed her grandchildren with her empty milk supply,

Picking up Chinese cabbage in the backstreets of Shanghai,

Feeding the young patriots,

Taking care of the young patriots,

The mother's back was always bent

Her waist belt tied tightly once again,

Holding a bowl of rice in her right hand,

Her words spoken to a fellow countryman could be heard,

Have you achieved the unification!

Did you really regain the country!

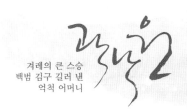

郭樂園 獨立志士

懷古仁川刑務所
白凡待命啓蒙號

昔爲冷獄闘魂烈
今化蒸房和氣洶

一殺土田創義舉
海求蔬飯盡劬勞

隱僧麻谷杜消息
尋子行方美膏

祖國大韓家族散
異邦上海血親遭

可憐孝婦娩而死
仁信哀孫敎以陶

拾菜鹽菹充餒腹
獻金賣銃奬英豪

衷收眷屬曲腰背
內助臨政衰鬢毛

垂訓愚孫慈眼瞰
奉盂聖母叱聲高

你們光復正成嗎
汝等盍揚統一旌

同胞の偉大なる師　白凡金九を育てた強靭な母
郭楽園

なだらかな丘の坂道、その上の仁川刑務所跡
今は 蒸し風呂に入り暮らしを楽しむ人々の笑顔が花咲くが
そこはかつて白凡先生が捕えられ処刑を待っていた所

国母（明成皇后）殺害の犯罪人土田譲亮を討った
死刑囚の息子のため
故郷海州を発ち他家の下働きで身を養い
足しげく監獄に通い息子に差し入れをなさった母

三南地方へ追われる息子が
麻谷寺で髪を剃り僧になったと消息を断った時
焦燥に駆られた母

幼い孫の仁と信をおき
遠い異国で息を引き取った嫁に代わり
出ない乳をしぼるごとく育て上げられた母
上海の裏路地で白菜の菜くずを拾い
愛国青年の腹を満たし
解放のため奔走する同胞を支え
終生背の曲がった同胞の母

今でも腰ひもをぎゅっと締めて
右手に茶碗を持った母の
同胞に問いかける声が低く聞こえ来る

お前たちは統一を成し遂げたのか！
お前たちは本当に祖国を取り戻したのか！

*郭楽園（クァクナグォン 1859.2.26～1939.4.26）
郭楽園女史は同胞の偉大なる師である白凡金九先生の母として、困難な状況のもとで
中国に建てた大韓民国臨時政府と苦楽を共にした「同胞の母」である。

하늘을 폭격하라

한국최초의 여자비행사

권기옥

이무성 畵,

이윤옥 詩

권기옥 (權基玉. 1901.1.11~1988.4.19)
'한국인 최초의 여자 비행사' 로 1923년 중국 운남육군항공학교(雲南陸軍航空學校)에서 비행 훈련을 받아
장개석 휘하 혁명군 소속으로 일본군을 상대로 싸웠다.
여성으로서 일본군과의 전투를 불사한 그의 용감성은 당시 중국에 널리 알려졌다.

울산 공장 키 작은 어린 소녀
훨훨 하늘을 날고 싶은 꿈
스미스 아저씨 여의도 상공에서 곡예비행 하던 날
조그만 주먹 불끈 쥐고 꿈꾸었지

하늘을 날아야겠다
하늘을 날아야겠다

숭의 여학교 시절
기숙사 사감 호시코 따돌리고
만세운동 부르다 쫓기던 몸

중국 땅 비행학교 들어가
대륙의 하늘을 날면서
암흑의 조선 땅 바라보며 가슴 태웠지

높은 창공 소총간 돌려
아시아 침략에 눈 벌겋던
일왕의 황거 폭격코자
몇번이나 다짐한 마음
장개석 휘하 혁명군 되어
일본군 상대로 싸우던 11년 세월

군복 벗고 비행기 내려와
백발 할머니 되었어도
카랑카랑 하던 목소리
독수리 같이 불타던 두 눈동자
큰 날개 접은 적 없는
한국 최초의 여자비행사

Bomb the Imperial Palace,
First Female Korean Pilot-**Ki Ok Kwon** (1901-1988)
(Translated by Seungmin Lee)

A short, small girl at the factory

Dreaming of flying high in the sky

The day Mr. Smith was stunt flying in Yeouido's sky

She grasped her little fist and dreamt

I need to fly

I need to fly

The years attending Songeui Girls' School

Running away from the dormitory inspector, Hoshiko

Screaming out independence and being chased

Getting into China's pilot school

Flying the large continent's sky
Watching the darkness of her mother country,
she ate her heart out
Turning the control stick of the high blue skies
Bombing Japanese king's Tokyo Imperial palace
One who was only interested in colonizing Asia,
She promised and promised
Joining the revolutionary army commanded under Jang Gae-Suk
Fighting with the Japanese army for 11 years
Not letting go of her dream of her homeland's independence
After taking off her military clothes, leaving the planes
After becoming a white-haired grandmother
With a screeching high-pitched voice
And the burning eyes like eagles looking for a prey
Never folded her big wings,
The First Female Korean Pilot

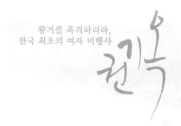

權基玉　獨立鬪士

學生萬歲率先中
夜夜翩翩蝴蝶夢

望見步虛遊曲藝
衷盟撼武御蒼空

潛航大陸臨政薦
入校雲南特技通

何日驅機征日本
一時雨爆破皇宮

進昇女子飛行士
出擊倭營樹立功

萬里長天開活路
三韓後裔舞新風

遂迎解放任重責
創設空軍盡赤衷

稀代娘將權武達
不知翁翼正英雄

皇居を爆撃せよ、韓国初の女性飛行士
権基玉

仁丹工場の小柄な少女
ふわりふわりと空を飛びたかった夢
汝矣島の上空でスミス飛行士が曲芸飛行をした日
小さな拳をぐっと握って夢見たろう

空を飛ばなければ
空を飛ばねば、と

中国の飛行学校に入学し
大陸の空を飛び
碧空高く操縦桿を繰り
アジア侵略に目を血走らせていた
天皇の住む東京の皇居を爆撃せんと
幾度も誓った心

飛行機は与えられずその志は果たせずとも
その意志は決して無駄ではなく

軍服を脱ぎ飛行機を降り来て
白髪の老女になっても
よく通る明晰な声
ハゲワシのように爛々と燃える両のまなこ
偉大な翼を休めたことのない
韓国最初の女性飛行士。

*権基玉（クォンキオク 1901.1.11〜1988.4.19)
韓国人最初の女性飛行士として1923年中国雲南陸軍航空学校で飛行訓練を受け、蒋
介石率いる革命軍に所属し日本軍を相手に戦った。女性ながらも日本軍との戦闘を
辞さなかった勇敢さは、当時中国に広く知れ渡った。

신사참배를 끝내 거부한
마산의 자존심

김두석(金斗石, 1915.11.17 ~ 2004.1.7)
신사참배 거부로 교사직을 박탈당하고도 끝까지 자신의 의지를 꺾지 않고 당당히 맞선 애국지사이다.

김두석

신사참배를
끝내
거부한
마산의
자존심

이무성 畵,
이윤옥 詩

배달겨레 단군의 나라
그 자손들 오순도순 사는 곳에
늑대 탈 둘러쓴 왜놈 나라냐

아마테라스 천조대신 믿으라
고래고래 소리지르며
조선 천지에 신사를 만들더니
고개 조아려 모이지 않는다고
마구 잡아 가두길 벌써 여러해

제 조상 귀하면 남의 조상도 귀한 법
못줄로 내동댕이
조상신을 못 받드냐 번번히 호통치매
돌아오건 감옥소 차디찬 회초리세

학교도 쫓겨나고 직장도 없이
늙은 어머니 굶주려도
홀로 정한 양심의 서릿발에
추호의 흔들림 없이
지켜낸 신사참배 거부

민족 자존심 높은 마산의 잔다르크
그의 공덕 돌비석에 없지만

그 이름 석자속엔 이미
북두(北斗)의 무뚝함 새겨져 있어
천추에 기억되리
그 곧은 절개

Du Seok Kim (1915-2004)

The Joan of Arc of Masan who protested against the Japanese Shrine
(Translated by Jung-Eun Ahn)

Dangun's nation of the Korean people
where their descendants lived prosperously appeared a Japanese in wolf's clothing

Pray to Amaterasu rather than God
Yelling and preaching
They made a shrine on Korea's land
One bows their head but doesn't pray
Already they randomly imprison many

If you value your ancestors, you value those of others even if you lay down your life
When she scolded that you can't change the spirit of your ancestors her only reward was being locked in a cold cell

Kicked out from school and jobless
even when her old mother goes hungry
her independent resolve lasts through rain and snow without wavering and keeps fighting against the Yasukuni shrine

The Joan of Arc of Masan who raised our nation's morale
While her achievements are not written on a gravestone
Within her name already
the strength of the Great Bear
(北斗 lies to be remembered forever that righteous integrity.

金斗石 志士

檀君後裔相和處
豺狼來侵毀美風

何怠叩頭天照社
盍嘗遙拜日皇宮

與其禮鬼寧投膽
如彼崇神尙捨躬

汝輩換親無爲恥
爾奴易祖莫知蒙

當倭壓迫困而乏
老母餒飢無以充

出入番番刑務所
離逢屢屢學文童

馬山義節金閨秀
海內揮鞭樹顯功

功不銘碑事不滅
名中北斗知天公

神社参拝を最後まで拒否した馬山の自尊心
金斗石

朝鮮民族の檀君の国
その子孫たちが仲睦まじく暮す国に
人の顔ながら心は獣倭奴の巡査が現れ
天照大神を信じろと
蛮声を張り上げ
朝鮮の天地に神社を建てた
だが、頭を垂れ敬わないと
手当たり次第に捕え監禁されもはや数年

我が始祖が尊ければ他人の始祖も尊い道理
命を投げ出しても
信じる祖先は変えられないと怒り叫び
やってきたのは牢獄の冷酷な鉄格子の世過ぎ
学校も追われ職場も無く
老いた母が飢えようと
独り強靭な良心の厳しさは少しも揺らぐこと無く
貫き通した神社参拝の拒否

民族の自尊心高き馬山のジャンヌダルク
その功績は石碑には無くとも
今やその名にはすでに
北斗七星の崇高さが刻まれていて
永遠に記憶されよう
その固い志操を。

*金斗石（キムドゥソク 1915.11.17〜2004.1.7)
神社参拝を拒否し教師の職をはく奪されても自分の意思を曲げることのなかった愛国
者である。

독립운동가
3대 지켜온
겨레의 딸,
아내 그리고
어머니

김란

바라의 높은 벼랑도 은데라 번뜻대 굴지못하고
운나라 강제조약을 막아내지 못했대가
스무나흘 곡기를 끊고 자결하신 시아버님

아버님 태운 상에 하계마을 당도할때
마을아낙 숙여울다
하루 낮밤 곡기끊어 가슴길 위로했네

나람 천석 금 천석 밤천석의
    삼천석 댁
    친정 큰 모라버니
백 학고르려 먹어둔 젊은 아들 무궁형면 만들어
빼앗긴 나라 찾아 문전옥답 처분하며
서간도로 떠나면 날
내 안 마음 흐르던 물 멈추어 오열했네

    의성 김씨 김진린의 귀한 딸 시집와서
    남편 이중업과 두 아들 동흠 종흠 사위마저
    왜놈 칼맞고 비명에 보낸 세월

쉰일곱 늦그막에 기다린 안동애기만
반세은동 나간 것이
무슨 그리 큰 죄련가

감은 고문으로 두눈 절제 봉사되도 몸
두번이나 꿈의건한 모진목숨 11번 세월
그 누가 있어 한 맺힌 양가(画)의 한을 풀까

향산 고택 툇마루에 걸터앉아 / 흘러가 흐르금에 말 걸어본다
떠나는 하늘가 그 어디에 김락 애국지사 반겨틀랑
봉화 재산 바드실 어른신과 기뻐해홍 하시라고
해거름 바빠가는 구름에게 말 걸어본다

이
유
옥
詩

시
무
성
画

향산 이만도
1842. 1. 28 ~ 1910. 10. 10
단식 순국

김락

독립운동가 3대 지켜 낸
겨레의 딸, 아내
그리고 어머니

김락(金洛,1863.1.21~1929. 2.12)

3·1만세운동 당시 김락 애국지사는 쉰여섯이었다. 우국지사 시아버지의 순국과 남편,
두 아들이 모두 독립운동을 하다 목숨을 잃었고 친정 집안도 독립운동가 집안이다.
만세운동 때 고문으로 두 눈을 찔려 11년을 장님으로 지냈으나
그의 애국심은 결코 꺾이지 않았다.

Lak Kim (1863-1929)

A True Activist, a Daughter, a Wife, and a Mother-
who Protected the Freedom of Countrymen
(Translated by Heather Jeong)

Unable to die even by eating rust,

Unable to prevent the forced treaty,

The father-in-law committed suicide

When the carrier with his body was taken to the village, everyone cried in grief

For a full day we comforted the father's journey to heaven

With one thousand people, works of writing, food, and the big brother-in-law,

There gathered a giant group of Patriots

They wanted to get their country back and thus left to Suh-gan-do,

And cried when they saw the supply of water stop in the town next door

The precious daughter of Kim Jin Lin came to marry

The husband, Lee Joong Up and his two sons, Dong Heum and Joong Heum

Were stabbed by the enemy and faced death

Going out at age fifty-seven for the independence movement,

The mother could not understand what part of that was such a sin

With tortures of getting poked in both eyes, her body was given to the enemy

The eleven year life the daughter tried to end two times,

Who would she have needed to beat the enemy?

Sitting in the backyard,

The daughter spoke to the fluffy white clouds:

Kim Lak, somewhere up there in heaven,

For you to have a fortunate future up there,

I try to communicate with the rushing clouds.

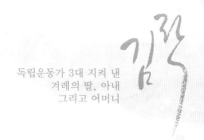

독립운동가 3대 지켜 낸
겨레의 딸, 아내
그리고 어머니

金洛 獨立志士

三代兩家親表族
四旬光復獻平生

舅翁自殍於庚戌
村婦哭哀禁飯秔

一壻抗倭歸劍露
二男愛國作犧牲

夫傳請願遂捐世
身拒拱招終失明

白下舊廬靑壯老
皆遷間島着新耕

北望天際請雲使
金洛何如與孰生

独立運動家三代を守り通した同胞の娘、妻、そして母
金洛

国の禄を食みながら乙未事変（いつびじへん）で死ぬこと叶わず
乙巳五条約（いつしごじょうやく）を阻止できなかったと
24日間、穀物を断ち自決なさった舅

その亡きがらを乗せた喪輿が河渓村に着いたとき
村の女は嘆き悲しみ
一日の食を断ち死出の旅路を慰めたとか

人が千石　文字が千石　米が千石　三千石もの裕福な実家の長兄
白下旧廬に集結した若者たちを愛国の士に育て
奪われた国土の奪回のため豊かな家財を処分し
西間島へ発った日
川前里村を流れる水に行く手をはばまれ嗚咽

義城金氏、金鎭麟の貴い娘を嫁に迎え
夫李中業、二人の息子棟欽、棕欽そして　婿までも

倭奴の刀を受け悲嘆にくれた歳月

晩年57歳　己未の年、安東禮安の万歳運動に参加
それが大罪とばかりに
執拗な拷問に両目を刺され失明の身
あやうく二度も死の淵に立った11年の歳月
いったい誰が尽きぬ両家の遺恨を晴らすのか

響山の古屋の縁側に腰を下ろし
流れゆく白雲に問うてみる
悠久の空の果て　そのどこで金洛女史と見かけたなら
奉化才山のパドシルで先達と喜びの邂逅をなさるのか
茜空を急ぎ去りゆく雲に問うてみる。

*金洛（キムナク　1863.1.21～1929.2.12）
「3.1万歳運動」当時、金洛は57歳であった。憂国の士である舅の殉国と夫、
二人の息子がみな独立運動のため命を失い、実家の人々も独立運動家の一族である。
万歳運動の時、拷問で目を刺され11年間、盲人として生きたが、その愛国心は断じて
傷つけられることはなかった。

종로경찰서에 폭탄 던진
김상옥 어머니

김점순 (金点順,1861.4.28 ～1941.4.30)
종로경찰서에 폭탄을 던저 세계만방에 조선의 독립 의지를 떨친 아들 김상옥(金相玉)을 도와 함께 항일투쟁에 혼신을 힘을 다하였다.

좋은경찰에서
좋은편지
김상옥에게서

철창으로 스며든 따가운 아픔
죽음을 확인케 하는
어머니 가슴속에
주먹 하나 쾅 뚫렸다

휑하니 뚫려 오면
그 겨울의 모진 바람 한자락
뚫려 가슴을 헤집는다 —

밥이나 배불리 먹었더라면
공부나 남없이 시켰더라면
회의한 네비의 몸뚱이는
이미 죽음이다

사랑하는 아들아 —
그 목숨 떨쳐 서릿발 돋은 기상으로
조선인의 푸지를 보였으니
네의 죽음이 네게 헛되랴 —
이제 눈물을 거두고
외로운 네의 혼에
장한 훈장을 달으렴 —

청춘청을 네께 시여
그대 이름 당당한
조선의 어머님이시라

이무성 畵
이윤옥 詩

Sang Ok Kim Who Threw a Bomb at Jongro Police Station's Mother,

Jum Soon Kim (1861-1941)

(Translated by Eunice Ko)

Son, who committed suicide with a pistol,

Searching for a sign of life in your embrace

pierced a hole

in this mother's heart.

The ruthless winds that roared

That frigid, skin piercing winter

filled the hole

in this mother's heart.

If you had even eaten once until you were full

If you had even studied once as much as you wanted

this sinner of a mother's body

has already died

Son that I love!

Laying your life down to save others

to show you are Chosun

your death had so much worth

Now holding back these tears

the burden you carried alone

will receive an honorable medal

This mother who madly beats her pierced heart,

金点順 獨立志士

忠子投彈鐘路署
殺身將銃成仁去

手抱寒屍哭放聲
胸生大孔其離處

朝出工場鋼鐵鎔
夕飡糠粥餒腸飫

夜學皆勤覺未知
日兇逐退重盟詛

義血男兒大事成
是由猛母衷心助

巧破秘文謄寫機
搬彈傳銃極參與

鐘路警察署に爆弾を投げた金相玉の母
金点順

拳銃に命を絶たれた息子
その屍を確かめ
母の胸の中に
ポカリと穿たれた一つの穴

ざわざわと吹き来る
その冬の一陣の暴風が
空疎な胸を掻き回す

飯も腹いっぱい食べさせたなら
学問も心置きなくさせたならと
罪人になった母の身は
すでに屍だ

愛する息子よ！
命を落とし苛烈な気性で
朝鮮人の闘志を見せてくれたゆえ
お前の死がどうして無駄だといえよう

今　涙を飲んで榮光のお前の魂に
立派な勲章を飾ってやろう

声を限りに叫んだ母よ
あなたのその名
堂々たる朝鮮の母であられる。

*金点順（キムチョムスン1861.4.28～1941.4.30)
鐘路警察署に爆弾を投げ、世界中に朝鮮の独立の意志を知らしめた息子
金相玉を助け、ともに抗日闘争に尽力した。

떨치고 일어난 기백
흉추로 술때르던 동료기생
눈감지 아니하고 앞장선 여인이여
읍내에 불꽃처럼 번진 만세의 물결

노래하는 꽃, 스무살 순이 아씨
만할이 없는
꽃방지끼고 가야금 줄에 놀더해도

태한문 앞 엎드려 통곡하던 이들
고종의 수하를 슬퍼하며
하얀 소복입고

33인의 꽃
수원의 꽃

김향화

이무성 画
이윤옥 詩

김향화 (金香花, 1897. 7. 16~ 미상)
기생의 몸으로 일제 침략에 항거하는 전국적인 독립만세 운동에 가담하였다.
1919년 3월 29일 경기 수원군 자혜병원 앞에서 기생 30여 명과 함께 준비한 태극기를 흔들며
독립만세를 주도하여 의기로서 기상을 높였다.

김향화
수원의 논개
33인의 꽃

독립의 횃불이여
수원의 논개여
오 그대들

김채희
최말순 박도화
오채경 김향화 임산월
박연심 함해복 문롱월 박금란
홍죽엽 김금홍 정가패 박화연
윤연화 김앵무 이일점홍
이산옥 김명화 소매홍 박능파
김연옥 김명월 한연향 정월색
신정희 손산홍 손유색 이추월
김향화 서도홍 이금희 손산홍

만세운동 앞장섰네
만고에 자랑스런
수원기생 서른세명.
이름석자 새겨주는 이 없어도
썩지않은 돌비석에 굴곡이

Nongae of Soowan,

Hyanghwa Kim (1897-Unknown)

(Translated by Min Soo Park)

In her plain white dress she cried for King Kojong's death

While the others cried in front of the Daehan gate

No one cared whether she wore on a flower ring or played Kayageum

She was a young bright girl

Downtown, the wave of fire to be independent had spread

Without closing her eyes, she stood in the front instead

With her fellow prostitutes who were dancing and pouring drinksStood up boldly

No one engraved their nameson a stone that never rots

Thirty three prostitutes in Soowon

Preceded prouly the protest for a long time

Hyanghwa Kim, Doheung Seo, Keumhee Lee, Sanhong Sohn, Junghee Shin,

Osan Joo Ho, Eusack Sohn, Choowal Lee, Yunoak Kim,

Myunwal Kim, Yunhyang Han, Wursack Jung, Sanoak Lee,

Myunghwa Kim, Maehong Soh, Neungpa Park, Yunhwa Yun,

Angmu Kim, Iljumhong Lee, Jukyup Hong, Keumhong Kim,

Gapae Jung, Hwayun Park, Yunsim Park, Chaeoak Hwang, Rongwul Moon,

 Keumlan Park, Chaegyung Oh, Hyanglan Kim, Sanwur Lim,

JinOak Chue, Dohwa Park, and Chaehee Kim

Oh! Nongae of Soowan!

Goddesses of Independence!

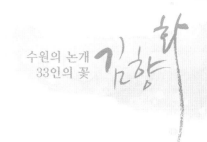

金香花　獨立志士

獨立化身三十三
金環彈舞本然職（

高宗崩御恨衝天
擧族問喪哀至極

行首順伊素服衣　　妙齡解語花今亡
設頭義妓漢門卲　　百世遺芳名永憶

叫號吐血染江河　　彩玉名花金香花
望哭吩怨鳴槿域　　花娟蓮玉蓮心德

萬歲咸呼實踐行　　山桃一点金梅紅
大韓獨立精神植　　明月秋山弄月惻

署前賭命國旗揮　　柳月色清香錦蘭
海內圖生勇氣得　　蓮桃花美彩姬直

孰可無虧碑石磨　　彩瓊可佩珊瑚珠
誰能不朽誄詞刻　　竹葉蓮香鸚鵡玏

　　　　　　　　　眞玉綾波山玉柔
　　　　　　　　　錦姬善舞貞姬特

　　　　　　　　　水源論介義佳人
　　　　　　　　　笑賣歌弦淚買國

水原の論介（ノンゲ）33人の花
金香花

白い喪服に身を包み高宗の崩御を悲しみつつ
大漢門前に伏し慟哭した人たち

華麗な指輪をはめ伽耶琴の音に遊ぶとも心在らず
歌う二十歳の花の乙女ら

村々に火炎さながら広がった万歳の波
じっとしていられず先頭に立った女よ
舞を舞い酒膳に侍る朋輩の芸妓を呼び集め
袖を振り切り立ち上がった気魄

不滅の石碑に幾列も
その名を刻んでやる者はいずとも

水原の芸妓三十三人
その昔、誇り高く万歳運動を率いた女たち

徐桃紅、金香花、李錦姫、孫山紅
申貞姫、呉珊瑚珠、孫柳色、李秋月
金蓮玉、金 明月、韓蓮香、鄭月色
李山玉、金明花、蘇梅紅、朴綾波
尹蓮花、金鸚鵡、李一点紅、洪竹葉
金錦紅、鄭可佩、朴花娟、朴蓮心
黄彩玉、文弄月、朴錦蘭、呉彩瓊
金香蘭、林山月、崔眞玉、朴桃花
金彩姫

おお！彼女ら　水原の論介よ！
独立の化身よ！

*金香花（キムヒャンファ 1897.7.16〜未詳）
芸妓の身で日帝の侵略に抵抗する全国的な独立万歳運動に加わった。
1919年3月29日、京畿道水原郡 慈惠病院の前で、芸妓30余名と共に用
意した太極旗を振り独立万歳を率先し、芸妓として気勢を上げた。

무명지 잘라 혈서 쓴
항일의 화신

남자현 (南慈賢, 1872.12. 7~1933. 8. 22)

의병으로 나가 싸우다 순국한 남편 김영주에 이어 독립운동에 투신하여 만주에서 독립운동을 했으며
「한국독립원」이란 혈서를 써서 국제연맹에 호소하는 등 '독립군의 어머니'로 대활약하였다.

남자현

무명지 잘라 혈서쓴 항일의 화신

이윤옥 詩
이부성 畵

나라가 망해가는데 어찌 집에 홀로 있으랴
피멍이 아들두고 늙으신 노모앞시 죽음 택한
　의병장 남편
왜놈 잡 맞아 선연히 배어둔 피문은 속적삼
붙여잡고 울수만 없어
빼앗긴 나라 되찾고자 떠난 만주땅

곳곳에 병들고
상처받은 동포들 삶
보살피고 어루만진 따스한 손

왜적 무토부요시를 응징하고
왼손 무명지 잘라
조선독립원 朝鮮獨立願 혈서 쓰며
　부르짖은 조국광복

만리타향 감옥에서 단식으로 숨 거두며
동지에게 남긴 마지막 한마디 말
'만일 너의 생전에 독립을 보지 못하거든
너의 자손에게 똑같은 유언을 하라
최후의 한명까지 남아
　조국광복을 기필코 쟁취하라'
당부하던 여장부

아!
조선천지에 이만한 여걸이
어디또 있으랴――

Ja Hyun Nam (1872-1933)

The Revolutionary's Message Written in Blood, From Her Ring Finger
(Translated by Jung-Eun Ahn)

How can one idle while the nation dies?

Her husband, the general who left his infant and died before his aging wife On the undershirt,

a clear blood stain from a Japanese knife She can't just weep Take back our country, the Manchuria

we left

With the sick are scattered about

she treats wounded compatriots

her hand, warm, soothing, and kindly

She punishes the enemy, Mutobuyoshi

cutting her left ring finger

To write for Joseon independence, fight for liberation

With her last breath, starved, in a prison far from home She had a final message for her comrades:

If you do not see the liberation of Korea in your lifetime Pass your will to your children until only

one remains

The heroine who fought and demanded homeland liberation

Ah!

Is there anyone in Korea so heroic as her?

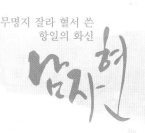

南慈賢 志士

國亡豈可居家遯[願]
女傑堂堂吐露願[願]

熱血義郎抗日殤
慈心孝婦爲媖悶[願]

育成遺子少年長
偕入滿州餘命獻[願]

布德同胞看病傷
施恩戰士養剛健[願]

刀芟藥指一揮毫
血記朝鮮獨立願[願]

謨殺武藤信義官
被擒洽爾濱街圈[願]

在囹斷食鬪爭開
近死遺言光復勸[願]

薬指を切り血書を書いた抗日の化身
南慈賢

亡国に瀕しどうして一人家に籠っていられようか
乳飲み子の息子を残し老いた母の前で死を選んだ義兵将の夫
倭奴の刀を受けぐっしょりと鮮血の染みた単衣のチョゴリ
握りしめ泣いてばかりいられず
奪われた国を取り戻すべく発った満州の地

あちこちを病み
痛めつけられた同胞の命を
見守り癒した慈愛の手
敵将、武藤信義を こらしめ
左の薬指を切り
朝鮮独立を願う血書を記して叫んだ祖国の解放

いずこも他郷と牢獄で食を断ち生涯を終えるが
同志に残した最期の一言
「もしもお前の生前に独立が叶わなければ
おまえの子や孫にも同じように言い遺せ」
最後の一人まで生き残り
必ずや祖国の解放を勝ち取れと願った女傑よ！

ああ！
朝鮮の天地のどこにこれほどの女傑が二人といようか！

*南慈賢（ナムジャヒョン　1872.12.7〜1933.8.22）
義兵として出陣し戦い殉国した夫金永周に続き、独立運動に身を投じ、満州で独立運動をしながら「韓国独立願」という血書を書き、国際連盟に提訴する など「独立軍の母」として大いに活躍した。

남에는 유관순,
북에는 동풍신

동풍신 (董豊信, 1904 ~ 1921)
1919년 3월 15일 함경북도 하가면 화대동에서 일어난 독립만세운동에 참가했다가
고문 끝에 17살의 나이로 서대문형무소에서 순국하였다.

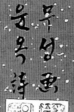

밤에는 우리의
북에는

통일시

이무성 畵
이윤옥 詩

As the South's Gwan Sun Yu,
the North's **Pung Shin Dong** (1904-1921)
(Translated by Eunice Ko)

The bastards that washed the low class's marketplace with blood

Even showing up at the village center

At the heart of the innocent crying out

They pointed their guns

The bullet that ripped through Father's heart

That day

A seventeen year old flower of joy, the height of her time

Injustice has been done

The hand that killed Gwansun, the hand that killed Pungshin

Righteousness can never forgive that bloody hand

The hot blood that blinds us in our anger

Melts the cold iron bars of the West Gate

And the frozen hearts of Chosun

Look!

The two flowers of the North and South

Chosun they gave their life to protect

Do you say we live divided back to back

When we should be holding hands as one

To sing the song of unification again

Until that day

Lord,

Do not sleep.

南には "유관순," 북에는 동신

┃董豊信 獨立鬪士

紅染並川巡査來(灰)
無差討伐蕩花台(灰)

嚴親銃貫含冤斃
孝女拳攻吐憤唉(灰)

二八少娘揚炬火
數千群衆喊霆雷(灰)

怒濤鎔獄鐵窓解
熱血奮民心眼開(灰)

槿域貞忠董氏媛
靑丘義俠柳門才(灰)

雙珠埋獄妙齡殉
擧族討倭精氣培(灰)

南北併肩統一祝
東西携手互交盃(灰)

待望彼日請毋睡
世世芳魂不老衰(灰)

┃南に"柳寛順"北には"董豊信"あり

天安の竝川市場を血で染めた巡査たち
咸鏡道のファテ市場にも現われ出でて
独立を叫ぶ善良な百姓の胸に
銃を向けた

その銃口が父親の胸を狙い
弾が貫通した日
17歳の花のような少女の胸に
火がついた

寛順を殺し、豊信を殺した手
正義の血潮は決して許さない
湧きあがった血の滾る憤怒は
冷え切った西大門監獄の鉄格子の窓を溶かし
凍りついた朝鮮人の胸を溶かした

見よ
南と北の汚れなき17歳の二人の少女が
命を捧げ守った祖国
どうして背を向け合っているのだろうか

南と北、手を握りあい
再び統一の歌を歌う
その日まで
あなたよ
眠らないで下さい！

*董豊信（トンプンシン 1904～1921）
独立運動家として韓国で有名な柳寛順と同じ年である17才の時、1919年3月15日下加
面花臺洞に起った独立万歳運動に参加したが拷問の末、西大門刑務所で祖国のた
めに命を落とした。

문
재
민

3·1만세운동의 꽃
해주기생

문재민 (文載敏, 香姬, 馨姬 1903. 7.14 ~ 1925.12.)
황해도 해주에서 태어나 16살 되던 해인 1919년 4월 1일, 문재민은 만세운동을 일으키기로 결심하고,
동료 기생들을 모아 해주읍의 독립만세운동을 주도하였다.

3·1운동의 꽃 해주기생

문재민

이무성 畵, 이윤옥 詩

해주 승암도
소나무를 어린 소녀
가난에 팔려간 것도 서러운데
일본 기생 흉내 내며
술 따르고 샤미센 탄다고
기방 찾은 기무라씨
빈정대지 마소

꽃단장 웃음파는
하루살이 신세지만
붉은 저고리 남치마속
깊이 감춘 붉은 애국심

펼치면 여덟 폭 병풍이요
접어도 네 폭이라

낮에는 술 따르고 밤에는
향학열 불태우던 억척소녀
해주땅 만세운동 외면않고
앞장서서 광복의 소리 불렀네

스물둘 단명한 영혼
부디 해방된 조국에서 편히 쉬소서!

A Flower of the 1919 Independence Movement of Korea
: A Korean Gisaeng of Haeju, **Mun Jaemin**
(Translated by Lee, KwangYu)

A girl born in Sonamugol of Suab Island,
she says:

Mr. Kimura, don't wise off me.
Although I'm pouring drinks,
imitating a geisha and playing shamisen,
I am already sad enough
about being sold by poverty.

Her life,
dolling herself up and selling smiles,
is like that of a mayfly.

In a pink jeogori and a deep-blue skirt,
however,
there lies her hidden passionate patriotic spirit
as wide as an eight-fold folding screen.

As an obstinate girl,
pouring drinks during the daytime,
she burned the ardent desires for learning at night.
Never avoiding the ManSae movement in Haeju,
she sang a song of Independence at the head of people.

The soul that died young at the age of twenty two,
Please stay relaxed in our liberated nation!

* Korea Gisaeng: A woman who entertains people with songs or dances at a feast as a job

文載敏 獨立志士

可憐睡鴨島丫頭
基父由貧賣妓樓
花柳能謳日本曲
木村莫貶朝鮮優

一長繡枕待人漏
十幅畫屏亡國愁
雲鬢餘絲氣象綠
紅裳欲焯丹心幽

晝間酌酒爲身業
夜牛攻書濟衆謀
昌導海州呼萬歲

名振天下繼千秋
佳人罹病妙齡去
梧葉落聲長恨留
今也芳魂何處在
請居祖國永眠休

3·1独立運動の花　海州の芸妓
文載敏

海州、睡鴨島の松里の幼い娘
貧しさゆえに売られたことこそ哀れ
日本の芸者に身をやつし
酒を注ぎ、三味線を弾くとて
芸者宿を訪ねた木村氏よ
侮ってはなりません

花の脂粉に微笑む
その日暮らしの身の上なれど
桃色のチョゴリ、藍色のチマの内に
深く秘めた燃える愛国心
広げた八曲の屏風よ
たためば四曲だろうが

昼は酒を注ぎ、夜には
熱い向学心を燃やした一途な少女
海州の万歳運動に飛び込み
先頭に立ち解放の歌を歌ったのですね
22歳のはかない霊魂よ
どうぞ解放成った祖国で安らかにお休みくださいませ!

文載敏(ムンゼミン 1903. 7.14 ～ 1925.12.)
16才の芸妓の身で日帝の侵略に抵抗する全国的な独立万歳運動の時 黄海道 海州で 芸妓
を集めて用意した太極旗を振り独立万歳を率先し、芸妓として気勢を上げた。

광주 3·1만세 운동의 발원지
수피아의 자존심

박애순

박애순 (朴愛順, 1896.12.23 ~ 1969. 6.12)
광주 수피아여학교 교사로 재직 중 독립만세시위를 주도적으로 계획했다.
이로써 광주의 3.1독립만세운동은 탄력을 받았고
그 중심에 박애순 애국지사가 우뚝 서 있다.

광주3.1운동의
발상지
수피아의
자존심

박애순

이윤옥 시
이무성 畵

백근을 애둘드려워
한치 앞을 볼 수 없으매

헌 속양목 치마 짹어
남몰래 그린 태극기 높이들고
수피아의 어린학생 이끌어
밀물처럼 장터로 뛰쳐 나갔네

쌀장수 되박들고
엿장수는 가위들고
부둥켜 안고 외친
광복에의 절규
무등산 너머 백두대간으로
뻗혀 올랐네

피끓는 그 함성 넘치던 기개
태고의 강렬한 빛으로 뭉쳐
한라산 처럼 타올랐어라
그 불씨 당긴 수피아여!
그 이름 영원히 기억하라!

The Self-esteem of Speer Girls' High School, the Home of the 1919 Independent Movement of Gwang-ju Korea,

Park Aesun

(Translated by Lee, KwangYu)

When darkness covered Bitgoeul,
It was not possible to see further than a nose.

Raise up Taegeukgi drawn secretly
made with a part of their white calico skirt
Like the flowing tide,
they stormed out to the marketplace

A rice dealer with a measure bowl in hand,
A taffy dealer with scissors in hand,
they cried out the Independence,
embracing one another.
Their scream climbed Mt. Mudeung and extended Mt. Baekdu.

The shouts of boiling blood
the unyielding spirit,
agglomerated into one
with the fervent spirit of the ancient,
burned like an active volcano.

Speer, who light the fire,
Your name will not be perished forever!

(Speer: the name of a girls' high school in Gwang-ju)

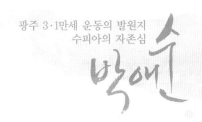

朴愛順 獨立志士

光鄉無等夕陽紅
千古山河寂寞中
暗裂綿裳成太極
身當銃劍率童雄

怒濤乘勝蕩街道
盛勢長驅起猛風
褓負群商叫獨立
白頭大幹飜飛隆
衝天義氣電光閃

沸血喊聲噴火通
世紀燈臺須彼亞
基名萬歲永無窮

光州3·1独立運動発生の地、スピア女学院の自尊心
朴愛順

光の村に暗い影が垂れこめ
一寸先も見通せないからと

白い木綿のチマを裂き
ひそかに描いた太極旗を高く掲げ持ち
スピアの女学生を導いて
満ち潮のように市場に押し寄せたのか

米商人は枡を持ち
飴売りは鋏を持ち
固く腕を組み、叫んだ光復の雄叫びは
無等山を越え白頭山から連なる山並みへと
湧きあがったのか

血の滾るその喚声が溢れた気概
太古の強い光で一つになり
活火山のように燃え上がれよ
初めにその火をつけたスピア女学院！
その名を永久に心に刻めよ！

朴愛順(パクエスン 1896.12.23 ~ 1969. 6.12)
光州3.1独立運動発生の地、スピア女学院の教師 として民族精神を教え育てる教育に専
念し, 100人の生徒と共に独立万歳運動に加わった 。

부산이 낳은
대륙의 들꽃 **박화경**

이 윤 옥 詩
이 무 성 畵

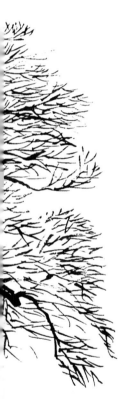

부산이 낳은 대륙의 들꽃

박차정 (朴次貞, 1910.5.7~1944. 5.27)

박차정 애국지사는 탁월한 지도력으로 1938년 10월 조선의용대 창설 때 22명으로 구성된
대본부 부녀복무단장으로 뽑혀 조국의 광복을 위해 온 몸을 던졌다.

Cha Jung Park (1910-1944)

A wildflower in the continent, that busan produced
(Translated by jenny lee and julia park)

A pumpkin sprout silently stretched up the dirt wall,
And the sky dripped with dark clouds

Although you would not there
But in the courtyard of an empty house in dong lae chilsan dong,
An early white butterfly is fluttering around

Did you also become a butterfly and found your homeland?
Sitting on the edge of the porch,
A lonely traveler reaches out to the sky above gonryu mountain.

A precocious literature girl of busan
Following her father, who gave up his life on the humiliating day of gyungshul gukchi,
She joined the uiyeoldan, burning with desire to fight against the japanese

With a revolutionist of chosun blood, one who loves tolstoy and turgenev,
A promise was made
Using a candle burning in her bridal room as a torch of patriotism,
She stirred the continent, fighting off the japanese like a heroine

The thrity four years of life ended in a bloody war in gonryu mountain
Although her wings were ripped apart by the firearms of the japanese invarders,
The love for her country will never die

The day when the light of our motherland was regained
And her husband, embracing a bloody sok jeok sam,
Returned to their hometown to mitigate his sorrow,
The milyang gam jeon dong's sky was finally pouring with victorious rain after a long drought

朴次貞　獨立鬪士

擧族受難庚戌恥
嚴親自決戒分乖

釜山少女醉文學
槿友才媛成暢諧

去國隨兄亡異域
耕田採櫟饋同儕

義夫義烈團員長
勇婦朝鮮勇隊瓦嫗

出陣崑崙大戰鬪
負傷壯烈了生涯

孤夫痛恨單歸日
甘雨密陽挑感懷

.釜山が産んだ大陸の野の花
朴次貞

土塀のうえにひっそりと這いのぼる南瓜の蔓
天は雨を降らすのか　垂れこめた黒雲
あなたがいらっしゃるはずは無いのに
東莱の七山洞の生家、がらんとした家の母屋の広場には
どこからか飛んできた季節外れの一羽の白い蝶

あなたも蝶となり故里を訪ね来られたか
縁側に腰を下ろした旅人　崑崙山の空を想う

釜山の大人びた文学少女
1910年、恥辱の日に自決した父を追い
燃え上がった抗日の闘いの末 義烈団に投じた身

トルストイとツルゲーネフを愛する
朝鮮の血を滾らせた革命家と結んだ誓い
新婚の部屋に燃え上がる蝋燭の火を憂国の炬火とし
大陸を撹乱し日帝に敵対した女傑

崑崙山血しぶく戦闘に果てた34歳の命
倭敵の銃剣に翼を折られはしたが
国を愛する心は死すとも変わらず

祖国の光復を迎えた日血染めのチョゴリを胸に抱き
故郷の地へ戻りきた夫の悲憤を鎮める時
長い日照りの末、時あたかも蜜陽甘田洞の空に降った慈雨
血のように大地に染み入った不屈の闘士よ。

*朴次貞（パクチャジョン　1910.5.7～1944.5.27)
1938年10月、朝鮮義勇隊の創設時22名で構成された大本部婦女服務団長に選出され
1933年江西省の崑崙山での戦闘で負傷し、解放に先立つ一年前の1944年、重慶で34
歳という惜しまれる若さで世を去った。

방순희

대한민국임시정부 의정원·홍언 김여정부

장강에 도도히 흐르는 물결 거스를 없이
지강 토교 중경 밟고 닿아 머무르는 곳
따스한 봄바람되어 이웃을 감싸 주던 님

조국을 되찾는 일에
쟁쟁한 독립투사와
  어깨를 나란히 하고
단상에 서서 독립을 연설하던
  그 자태
  그 씩씩함
거게의 독특한 맏누님 되었어예!

어즈만진 동포의
  쓰라린 가슴이 몇몇이께
따득하게 감싸주던 고독한 독립투사
또 몇몇이라

방순희

대한민국임시의정원
홍일점 여장부

방순희 (方順熙, 1904.1.30~1979.5.4)
중국 상해에서 '대한민국애국부인회' 등을 조직하여 군자금 모집을 했으며
임시정부에서 최초의 대의원이 되어 광복의 그날까지 헌신했다.

사나이 태어나
이루지 못할 대업
여장부 몸으로 당당히 살아번
세월

그 늠름하고 당찬 모습
조국이여
오래도록 잊지 마소서

이 이
윤 무
옥 성
詩 畵

Nation's reliable eldest sister,

Soonhee Bang (1904-1979)

(Translated by Manjunn Koh)

Flowing with a rush in a long river without upstream

Staying on a tighten earthen bridge

As a warm spring breeze, she wrapped her neighbors

Trying to regain this country

As patriotic as those outstanding patriots

A delicate figure, up onto the platform demanding independence with desire

That boldness

Becoming nation's reliable eldest sister!

Feeling so many wounds of compatriots' hearts

Solitude independence fighter who cordially cheered up

Who else is out there!

Accomplishing a great work that men can't do

Lived through confidently as a woman

That audacious and heroic look

Now i ask you a favor

Don't ever forget her forever

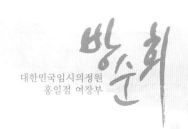

方順熙 獨立志士

先驅萬歲當三一
二八離鄉渡海遷(先)

爲女議員行獨步
與男鬪士比雙肩(先)

倭前熱烈論光復
壇上亭亭號國權(先)

慈若春風供旅客
德如秋水饋鄰賢(先)

男兒未夢偉勳業
女傑堂堂能遂傳(先)

臨政院中紅一點
作民長妹遺千年(先)

大韓民国臨時議政院のただ一人の女性
方順熙

長江に滔々と流れる水に逆らうことなく
嘉興、長沙、重慶と踏み行き留まるところ
温かな春風になり隣り合う人を労わったお方

祖国を取り戻すため
優れた独立の闘士と肩を並べ
壇上に立ち、独立を祈念したその姿
その勇敢さ
同胞の力強い長姉になられたお方よ！

どれほど同胞の痛む心を癒したことか
温かく包み込んでやった孤独な独立の闘士も
また、どれほどいようか

男に生まれては成し遂げられなかった偉業
女の身で堂々と生き抜いた歳月
その凛々しく気丈な姿を
祖国よ
末永く忘れまじ。

*方順熙（パンスニ　1904.1.30～1979.5.4）
中国上海で「大韓民国愛国婦人会」などを組織し、軍資金を集めながら臨時政府の
最初の女子代議員になり光復のその日まで献身した。

부춘화

빗창으로 다구찌 도지사 혼쭐낸
제주 해녀

부춘화 (夫春花, 1908.4.6~1995. 2.24)
1932년 1월 26일 해녀들의 생존권을 착취하던 일제에 맞서
1,500여 명의 해녀 대표로 항일투쟁을 전개하였다.

빛창으로
다구찌 도지사
혼쭐낸
제주해녀

부춘화

물질하던 옷 벗어 말리며
가슴 저 밑바닥속
한줌 한올 꺼내 말리던
불턱에 겨울바람이 일고 있오

비바람 눈보라 치른 날
무자맥질 숨비소리 내 뱉고
거친 바다 속 헤매며
　　따올린 해녀의 꿈

짓밟고 착취하려
검은 마수의 손 뻗치려던
　도지사 다구찌 놈
보란듯이 빗창으로 혼쭐내던
세화리 장터의 억척 여인이여!

그대의 분노로
저들의 야수는 꺾이었고
그대의 피흘림으로
조국의 광복을 한발앞서 이뤄졌나니

평화의 섬 제주를 찾는 이들이여!
세화민속 오일장 한켠시회 마주하고
부디 말해주소
해녀 부춘화의 간담 서늘한
　애국이야기를!

이무성 書
이윤옥 詩

Chunhwa Bu (1908-1995),

a Woman Diver Who Scolded the Governor Daguzi with a Hoe
(Translated by Maria Park)

Ice cold wind is blowing over
The fireplace you used to dry your clothes
To dry your resentment
From the bottom of your heart

The day when the snow storm came
The dream of a teenage girl has risen
Under the troublesome ocean

The stern lady from sewha-ri* market
Scolded governor daguchi
Who extended a black evil hand
By trampling and exploiting the people

By your rage,
Their beast died

With your blood
The liberty came faster

Those who visit the peaceful island, jeju
Dine a plate from sewha marketplace,
So please tell
The heroic tale of the patriotic diver, boo chunhwa

夫春花　獨立志士

十五歲而初學淪

投波四體轉如輪

夏期雨裏澣塵服

冬節水中融凍身

不忍漁民當搾取

自請海女鬪爭楯

濟州平和守如此

獨立精神悠久新

鉤ノミで田口道知事をこらしめた済州島の海女
夫春花

潜水に濡れた服を脱ぎ乾かしつつ
胸の奥底から
一握りの恨を取り出し乾かしていた
海女小屋に吹く冬の風

雨風、吹雪が打ちつける日
潜水を繰り返しては磯笛を吐き
手探りで海の底を探り採っては陸に上がった娘の夢を

踏みにじり搾取し
黒い魔の手を伸ばそうとした道知事の田口を
これを見よとばかり鉤ノミで震え上がらせた
世和里市場の逞しい女性よ！

その憤怒で
彼ら野獣は怯み
その流血で
祖国の光復は一歩前へ進んだのだ

平和の島、済州島を訪ねる者たちよ！
世和の民俗五日市場で一皿の刺身を前にして
どうか語り継いで下さい

海女、夫春花の雄々しく潔い愛国の話を！

*夫春花（プチュナ　1908.4.6～1995.2.24）
1932年1月26日、海女たちの生存権を搾取した日帝に対峙し、1500余名の海女の代表
として抗日闘争を繰り広げた。

한줄기 희망
여자광복군 1호

신정숙

이무성 畵,
이윤옥 詩

풀섶에 맺는 맹명의 땅

흙인 드듸겨 패군 어뢰를
망국 노라 흐끼네면 중흥 장교
전독 홍작대던 시절

뛰어든 여자 광복군 1호
생명의 은인 백범 만나
갇혀서도 절망치 않고
상덕수용소 포로되어

씨앗되었네
조국광복
알알이 맺혀
숫구기면 그 열정

지칠줄도 하련만
치열한 전투에
기친 옷 거친 밥

총메고 거침없이 뛴 세월
밤낮으로 따질소냐

빼앗긴 조국을 되찾는데

백범이 인정한
여자 광복군 1호

신정숙(申貞淑, 申鳳彬1910. 5.12 ~ 1997.7.8)
한국독립당 제8구당 집행위원을 맡으며 정보수집, 대적방송공작, 선전활동 등을 하며
진투 공작대원으로 용맹스럽게 투쟁을 하여 중국에서 큰 화제가 되었는데
1942년 장개석은 "한 명의 한국 여인이 1천 명의 중국 장병보다 더 우수하다"고 극찬하였다.
1942년 10월 광복군 제2지대 3구대 3분대에 편성된 이후 1945년 해방이 되기까지 활동하였다.

The First Woman in the Independence Army of Korea, a Beam of Hope, **Shin Jungsuk**
(Translated by Lee, KwangYu)

In the strange and unfamiliar land in exile
While working for a underground operation unit,
She beats a chinese officer soundly
Who made fun of her as a traitor

Being a prisoner in sangdeok concentration-camp
Yet, not giving up hope.
By meeting kim koo, the preserver of her life,
She became the first woman in the independence army of korea.

In regaining the stolen motherland,
Is it worth to discuss about sex and age?
All the years she jumped shouldering a rifle without hesitance.

The wrecked clothing, the meager meal,
And the fierce battles
Might have made her exhausted,
But her gush of passion,
Coagulated one by one,
Became a seed of the independence of our country.

(Sangdeok: a concentration camp)

申貞淑 獨立志士

光復朝鮮軍一女
勝於千將九州人

英雄內識英雄是
蔣介石評申鳳彬
癡漢戲稱亡國隷
義娘懲治毆打馴
從夫參戰爲萍草
救族離鄕供己身
見所中人遊擊擄
爲攸金九救生仁

最初女子特攻功士
第一大韓防禦楯
被奪國權回復事
何分男女少長論
猛奔戰線凌寒暑
勇猛熱情聞大陸
聰明氣象達穹旻
汗流滴滴成嘉種
開闢千年祖國晨

一筋の希望　女子光復軍1号
申貞淑

何もかもが馴染みのない亡命の地
戦闘工作隊員時代
しきりに亡国奴と愚弄した中国人将校を
思いきり殴り倒した女傑

常徳収容所の捕虜となり
牢に囚われるとも絶望せず
命の恩人　白凡と会い
身を捧げた女子光復軍1号

奪われた祖国を取り戻すのに
老若男女を問い詰め撃つのか
銃を担ぎ、留まることなく駆けた歳月

貧しい衣服、粗末な飯
熾烈な戦闘に
疲弊することはあっても
募らせたその熱情は
粒ごとに実を結び
祖国の光復の種になったことよ。

申貞淑(シンジョンスク 1910.5.12 ~ 1997.7.8)
中国で創建した韓国光復軍女子軍1号で、祖国の独立のため大活躍した女傑である。

안경신

평남도청에 폭탄던진 당찬 임산부

이무성 畵
이윤옥 詩

평남도청에 폭탄 던진
당찬 임신부 **안경신**

안경신 (安敬信, 1897~미상)
1920년 8월 3일 밤 고요한 평양시내에 군중이 혼비백산할 만한 굉음이 울렸는데 안경신이 평남도청에 폭탄을 던진 것이었다.
"나는 일제 침략자를 놀라게 해서 그들을 섬나라로 철수시키는 방법이 무엇인가를 곰곰 생각해 보았다.
그것은 곧 무력적인 응징방법으로 투탄, 자살, 사살 같은 1회직 효과가 주효할 것으로 믿고 있다." 라고
안경신은 일본 고등경찰에게 그렇게 당당히 말했다.

토지 수탈 앞잡이 동양척식회사에
  폭탄 던진 나석주
조선인 잡아 가두던 종로경찰서에
  폭탄 던진 김상옥
상해 홍구공원 대폭거 윤봉길
도쿄 황거 앞에서
  폭탄 던진 김지섭 이봉창 의사

제국주의 무고한 만행 더는 두고 볼 수 없어
여자의 몸 되길래라
치마폭에 거사 이룰 폭탄 몰래 숨겨 들여와
신의주 현도호텔, 의천경찰서, 평남도청에 던진 그 용기

  꽃다운 스물세살 임산부
  폭탄들어 평남도청 향해 힘껏 던지던 날
  하늘도 놀라고 땅도 놀라고
  혼희지가 부들 부들 떨었다네

갓 낳은 핏덩이 품에 안고
왜경에 잡혀 철창 속에 갇혀서도
빼앗긴 나라를 되찾는게 무슨 죄냐고
저렁 저렁 호령하던 열사——

흙속흙 핏덩이와 간 듯 안수 없지만
어느 이름 모를 곳에서 또
힘차게 대한독립만세 외치며
그 투지 불태웠을 테다——

Kyung Shin Ahn (1877 – Unknown)

A brave pregnant woman throws a bomb inoffice
(Translated by Yoo Jin Ahn)

Praise towho threw the bomb to the corrupted agency;
which attempted to steal the Korean farmer's land

Praise to Kim San Oh who threw the bomb to the station;
which captured the Praise to Gill's great feat in the Hong Ku park,

Praise toand Bong Chang Lee who threw
the bomb to the Emperor's palace in Tokyo, Japan.

Praise to the brave woman who was no longer able to endure the routine of brutal imperialism.
Abandoning her own safety she hid a bomb under
her skirt and took action for her country

Praise to the great courage that was needed to throw the bombs at ShinEuihotel, Chun
Police station, and Provincial office

At only the age of 23, pregnant with a child,
The day she destroyed the Provincial Hall
The heavens and earth shook in shock
Holding the just born infant,
Even though she was captured by the Japanese Police and was put in jail

She did not back down,
"I am innocent! I feel no guilt in trying to gain our independence!"

After she was released from Jail she had no home to return to
However, she kept pushing, everywhere she went she spoke up for Korea's Independence
Praise to her burning spirit and love for Korea
Praise to her, because her actions are why we are free.

安敬信 獨立鬪士

千古英雄尹奉吉
飛箠上海懲群兇

李孫奉昌獻餘命
日帝裕仁喪譽重

羅錫疇公手爆擲
倭銀行界肅霜逢

川生龍與山生鳳
金尙玉而祉燮容

莫道忠誠非女業
誰言大事唯男從

芳年二十出閨苑
警世億千鳴鼓鐘

死志以巾胎腹束
挺身向署暴彈攻

天驚鳥散山川栗
地動風興草木悰

我復我邦何作罪
汝歸汝島盍收鋒

孺嬰屬屬獄房冷
慈母堂堂刑吏恭

多士陳情免絞首
十年忍苦化冬松

雲垂綠髮思鄕褪
芋卵靑春救國供

出所携兒連絡絶
年年落葉埋休踪

故人萬歲聲何聞
一朵芳魂疑是蓉

平南道庁で爆弾を投げた気丈な妊婦
安敬信

土地収奪の手先、東洋拓殖株式会社に爆弾を投げた羅錫疇
朝鮮人を逮捕監禁した鐘路警察へ爆弾を投げた金相玉
上海虹口公園の大快挙　尹奉吉
東京皇居の前で爆弾を投げた金祉變、李奉昌義士

帝国主義の無謀な蛮行をこれ以上は許せない
女性の身でも憶するなかれと
人知れずチマの下に偉業を成す爆弾を隠し持ち
新義州市　鉄道ホテル、義川警察署、平南道庁に投げたその勇気

うら若い花の23歳の妊婦
爆弾を携え平南道庁へ満身の力で投げた日
天も地も驚愕しぶるぶると鳴動した天地

産まれたばかりの嬰児を抱きかかえ
日本の警察署に捕えられ鉄格子の内に拘禁されても
奪われた国を取り戻すことに何の罪があろう
声高に怒りをぶつけた烈士

出獄し嬰児と何処へ去ったか知れずとも
名も知らぬその地でも　また
声を限りに大韓独立万歳を叫びつつ
その闘いの炎を燃やし続けたろう。

*安敬信（アンキョンシン 1897年〜未詳）
1920年8月3日夜、静かな平壌市内に群衆が肝をつぶすような轟音が響き渡ったが、安敬信が平南道庁に爆弾を投げたのだった。「私は日帝の侵略者を驚かせ　彼らを日本へ撤退させる方法が何かをよくよく考えてみた。それは必ずや彼らを成敗して懲らしめる方法で、投弾、刺殺、射殺のような一殺必須の効果を奏する方法だと信じている」と、安敬信は日本の高等警察で堂々と語った。

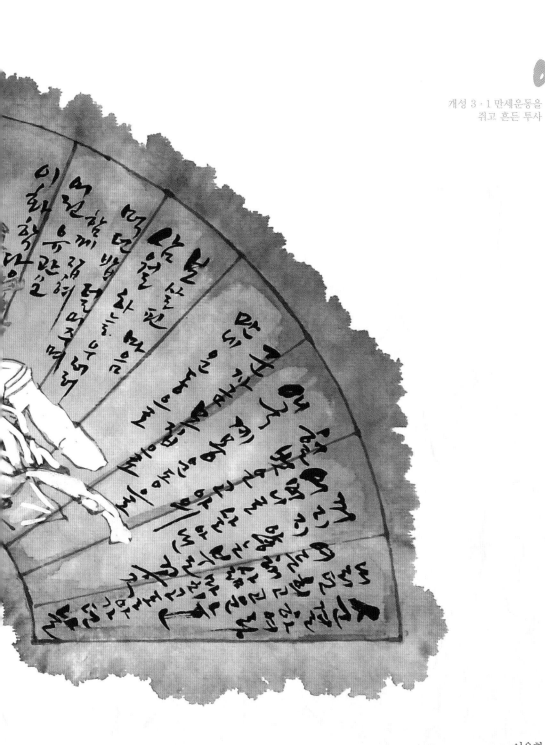

어윤희

개성 3·1 만세운동을
쥐고 흔든 투사

어윤희 (魚允姬, 1877.6.30~1961.11.18)
서울에서 송달된 독립선언서를 개성 일대에 배포함으로써 개성의 만세운동에 불을 붙이는 역할을 했다.
3월 3일에 개성 호수돈여자고등보통학교 학생을 시작으로 1500여명의 만세 시위행진에 앞장섰다. 일제 말 고아의 어머니로 생을 마감했다.

Yoonhee Eoh (1880-1961), March Sky Leader
(Translated by Yejin Kim)

Don't you dare put hand cuffs on my wrists.
Roared she, a proud warlord,
as the soldier's heavy boots marched in.

Only three days after her marriage,
did a cold Japanese sword pierce through her husband's heart...
She bravely joined the revolutionary army.

That crazy woman,
Strip her clothes off!
She voluntarily took her clothes off,
Oh that bravery in front of threatening Japanese soldiers.

Young revolutionary Yu Kwan-Soon had been put in the same cell as she,
they gazed at the March sky as they shared cold food.

Independence movement
Military fundraise
Patriotic enlightenment movement
Mother of bare orphans,
Never ceasing fire.

The day she ended her eighty years of fighting,
the snow never looked so beautiful and pure.

魚允姬 獨立志士

手匣勿加於我手
何邦拘束弱人肢
秋霜女丈夫號令
狼豹男巡査氣萎

味覺新婚三日夢
卒爲寡婦百年耆

郎君義血參東學
捨命應懲討島夷
寬順一房同獄苦
允姬分飯減虛飢

脫衣強制笑親脫
忘恥警官猶自嗤
獨立資金誠募集
孤兒保育力周施

八旬離世雪花迎
珠玉生涯天帝知

開城3.1万歳運動を掌握し扇動した闘士
魚允姬

か弱い女に手錠を掛けるな
手錠を携え軍靴を鳴らして逮捕に来た巡査を
怒鳴りつけ追い返した女傑

東学軍を率いた夫が
わずか新婚3日目に憲兵の刀で戦死したのち
歩み出た独立闘争の道

あの狡猾な女
あの女を裸にしろ
脅迫、恐喝する巡査の前に立ち
自らはらりと衣を脱いだその勇気

梨花学堂の少女、柳寬順とともに捕えられ
食を断ちながら三月の空を仰ぎ見た心

万歳運動に
軍資金を集めに
愛国啓蒙運動に
貧しい孤児の母として生き抜いた
消えることのない火炎

80年の生涯を終えて逝かれた日
降った白く清らかな雪よ、清純にあれ。

*魚允姬（オチュンヒ 1877.6.30～1961.11.18）
ソウルから伝達された独立宣言書を開城一帯に配ることで開城の万歳運動に
火をつける役割を果たした。3月3日に開城の好壽敦女子高等普通学校の学生を初め
とする1500余名の示威行進の先頭に立った。日帝支配時代の終わったのち孤児の母
として生涯を終えた。

고양 동막상리의
만세 주동자 오정화

오정화(吳貞嬅,1899. 1.25 ~ 1974. 11.1)
1919년 3월 5일 경기도 고양군 용강면 동막상리에서 전개된 독립만세운동에 참가하였다.
당시 동막 사립 흥영학교 교사였던 오정화 애국지사는 직원과 학생들을 이끌고 만세운동을 주도하였으며 유관순과 함께 서대문형무소에 투옥되었다.

고양
동막상리의
만세
주동자

오정화

이윤옥 詩
이무성 畵

임진년 행주대첩 아낙들
행주치마 돌나르며
왜군을 물리친 땅

쪼문해 흐르는 강
행주나루 동막상리 흥영학교
스무살 처녀선생
가깝게져 가르치며
조국의 민족혼 심던이여

빼앗긴 나라를 되찾고자—
분연히 일어난 기미년 만세날에
태극기 휘날리며 고흘리게 아이들과
목놓아 부르던
　　광복의 노래

조국의 독립을 위해
기꺼이 내놓은 목숨

그 불굴의 의지
꿋꿋한 기개여,
　그대 늠름한
조선의 따님이시여!

Oh, Jeonghwa (1899-1974)

the Leader of Mansae Movement in Dongmaksangri, Goyang
(Translated by Lee, KwangYu)

It was 1592, japan invading korea.

Housewives carrying small and big stones,

As they embrace the invasion with their aprons, still on our land.

But then it was the beginning of the 20th century,

And we were invaded once again.

Oh, jung-wha was at twenty years,

Teaching elementary students the korean alphabet,

Giving her korean pride to hongyoung students,

In dongmaksang-ri in koyang-shi.

Leading to find our own nationality,

She sang song through the invasion,

Of our independence,and leading her students with the korean flag,

In 1919.

Still, she protected her students,

She was captured,

She was imprisoned,

In seo-dae-moon.

Cold and tired,

She risked her life to save korea.

From the japanese,

Her powerful will transferred.

From generation to generation,

From descendant to descendant.

吳貞嬅 獨立志士

壬辰少婦捲綿裳

盤石攘倭守古壇

自古幸州江水碧

至今東幕學堂彰

妙齡處女先生訓

百世正音擧族光

奮起羊年　弟子

指揮萬歲醒龍岡

一身代贖門徒罰

八月辛勝拷問傷

不屈鬪魂彈武斷

善　光復熱囹房

親孫在美聞全域

韓日關聯歪曲相

三世傳承忠孝道

傲霜氣槪朝鮮娘

高陽東幕上里の万歳運動の主導者
吳貞嬅

壬辰亂の幸州大捷の女たちが
前掛けに入れて石を運び
倭軍を追撃した地

悠久に流れゆく河
幸州の渡し場　東幕上里の興英学校の
二十歳の娘先生
「カナタラ」を教えながら
祖国の民族魂を植えつけた人よ

奪われた国を取り戻そうと
奮然と立ち上がった己未年の万歳運動の日
太極旗を振りつつ幼い児童たちと
声を上げ歌った光復の歌

子どもたちが傷つかないよう一人で担った罪
西大門刑務所の冷たい鉄格子のなかで
酷い拷問に耐えながら過ごした日々

国の独立のために
喜んで差し出した命
その不屈の意志
揺るぎない気概、あなたは堂々たる
朝鮮の娘でいらっしゃる！

吳貞嬅 (オジョンハ 1899. 1.25〜 1974. 11.1)
1919年 3月 5日 京畿道 東幕上里で　展開された　独立万歳運動に生徒たちと共に参
加して教師として愛国心を発揮した。

그리움

용인의 딸 류관순 열네살 독립군

이무성 그림
이윤옥 시

독독하게 맑은 은쟁반에서 떼굴떼굴
산마늘를 놀랐다
저 멀리 박아래 류관순 시대가 육십년대 사진첩 속
그림처럼 어리고
그 어딘가 열매난 소리에서
쓸쓸한 흔적가 들려올 듯하다

용인 느리재의 명포수 할아버지 의병장으로
나선길 뒤이어
만주벌을 쩌렁쩌렁 호령하던 장군 아버지
그 아버지와 나란히 한 열혈여자
광복군 어머니
그 어머니의 꿈같은 딸 혜영 희옥자매
광복진선 청년공작대원 되어
항일 연극 포스터 불이며
의봉산 두무산 동원에도
저때는 다녀갔을까?

열매 난 해맑던 독립소녀 팔순되어 사는 집
수묵 대축를 역세처럼 복지아래는 할아 가면 날
웃자란 아해도 저절로 웃하나니 그늘에 앉아
낯선 나그네 반게 맞이 하다
팔순 애옥지시 ─

흑백 사진첩 속 서간도 황량한 땅
개척하며
독립 의지 불사르던
호씨 집안 그때 만주벌 무용담 자랑도 하려니와
손사래 걸게 펄레 치는
수줍은 여든여섯
광복군 소녀

할머버지
오인수 의병장
서글러정네 배클라니길
아버지 오광선장군

한국여성동맹결성
어머니 정현숙
(정정산)

한국광복군 출시경복
광복군 착주령
참공부 인증식
한국광복진단회긴급회의
게주지네 대한
언니 오희영

오희옥

용인의 딸
열네 살 독립군

오희옥 (吳姬玉, 1926. 5. 7~)
1939년 4월 열네 살 나이로 중국 유주에서 한국광복진선청년공작대에 입대하여 조국의 독립을 위해 싸웠다.
일가 3대가 독립운동가족이며 특히 어머니 정현숙, 언니 희영과 함께 오씨 문중에 여성독립운동가로 이름을 날렸다.

The daughter of YongIn Province,
a fourteen year old soldier of the army for national independence,

Heeok Oh (1926-)

(Translated by Julia Park)

Climbing up to the top of a mountain, I held onto the fraying ropes in Ryuhu Park.

Ryuzeou Downtown is spread out like a picture in a 1960's photo album.

A spirited war song sung by a fourteen-year old girl is heard in the distance.

A famous hunter in the Yong-In Nuri mountain pass, the grandfather led the way as the leader of the civilian troop,

A General father gallantly commanded the grand Manju fields in a loud voice,

A Soldier mother of the army for national independence was fervent, keeping abreast with him,

Two lovely daughters, sisters Heeyoung and Heeok.

Becoming youth leadership members for national independence and putting up posters of an anti-Japanese play,

Have the sisters been to the Dorakam Park in Abong Mountain?

The house in which the bright fourteen year-old aged into now an eighty old woman,

The day I visited the small public welfare apartment in Suwon Jujube town,

Sitting in the shade of a outgrowing Ginkgo-tree in the garden of the apartment,

The eighty year-old patriot welcomed a strange visitor.

The era that burned with the fiery will for independence and the pioneering spirit--

West Gando land captured in a black and white photo album.

She could brag of three generations saga of the Oh's family in the grand Manju field,

But she was too shy to brag and waved her hand.

Who can write the book about the hostile independence movement history of the three generations?

Showing the relics of father humbly, she smiled like a wildflower.

One drop of grievous morning dew was reflected in the pupil of the pure soul.

But Fatherland did not engrave the glory of the national independence to heart.

When the story of independence like a legend blooms again,

The West Gando story of the dreamy fourteen-year old girl soldier of the army for national independence

Will come into blossom like wildflowers around the whole world.

吳姫玉　獨立鬪士

十四歳而光復軍
靑年工作隊要員

父揮別動揚名世
祖倡義兵遺赫勳

母結女盟偕伯姊
姊幇參領職夫君

吳家三代孝忠業
槿域萬秋天祿蘯

昔日武功何處問
稀微黑白寫眞云

芝蘭生谷有尋客
忠烈隱家成譽聞

燦爛榮光獻祖國
黃昏公寓捲風雲

星霜迹積柳州野
萬紫千紅爭發芬

龍仁の娘14歳の独立軍
呉姫玉

柳候公園の古びたロープウエーに吊り下げられ昇った山頂
遠く眼下の柳州市内が60年代の写真帳の絵のように映る
どこからか14歳の少女の勇ましい軍歌が聞こえてくるかのよう

龍仁の砲撃の名手たる祖父、義兵将として出かけたのに続き
満州の平原で雄叫びをあげたを将軍の父
その父と並ぶ偉大な熱血女子光復軍の母

その美しい二人の娘、ヒヨンとヒオク姉妹
光復陣線青年工作隊の抗日演劇のポスターを貼ろうと
姉妹は魚峰山都楽岩公園にも通っただろうか？

14歳の清純な独立運動の少女が80歳を迎え住む家
水原棗原村の手狭な福祉アパートを訪ねて行った日
アパートの庭の丈高い銀杏の木陰で
見知らぬ訪問者を悦び迎えくれた80すぎの愛国の志士

白黒の写真帳の西間島の荒地を開拓し独立の闘志を燃やした
呉氏三代にわたる満州荒野の武勇伝を語ってもいいのに
しきりに手を振る慎ましい86歳の光復軍の少女

誰がこの熾烈な3代の独立運動史を本に記すだろうか
惜しげもなく父親の遺品を見せくれる微笑みは野の花のよう
清明な魂　その瞳に映った憂いに満ちた一滴の露

今だ光復の栄誉を刻まぬ祖国
再び、伝説のような独立の物語が燦爛と花開くとき
夢多かりし龍仁の14歳の光復軍の少女の
西間島の物語が世界中に野の花のように咲きだすだろう。

*呉姫玉（オヒオク 1926.5.7〜）
1939年4月、14歳で中国柳州で韓国光復陣線青年工作隊に入隊し祖国の独立のために戦った。一家三代が独立運動家であり、特に母親の鄭賢淑、姉の姫英と共に呉氏一族中に女性独立運動家として名を馳せた。

안 사람
영혼 일깨운
춘천의 여자
의병대장

윤희순

이윤옥 詩
이무성 畵

관천리 임 바라 가는 하늘 푸르고
노오란 초원 해기둥툴 반기는 무덤

잔잔한 홍천강 물살 가르는
무리보든 저 친구들
구국의 일념으로 온몸바친
여장부 영면을 방해치 마라

바람앞에 흔들리는 조국
안 사람들이여 일어나라—
며느리들이여 총을 메라—
가서 아들을 돕고 남편의 뒤를 따르라

가정리 여우내골 여자의병 삼십여명 키운 힘
중국땅 환인현 노학당 학교 세워
짱짱한 독립을 키워낸
열혈투사—

춘천 의병장 시아버지 유홍석
항일독사 선봉장 남편 유제원
열혈 독립군 아들 유돈상
팔도창의 대장 이당 어른신 유인석...

안사람 영혼 일깨운
춘천의 여자 의병대장

윤희순 (尹熙順, 1860~1935. 8. 1)
한국 최초의 여자 의병장으로 활약했으며
중국으로 망명하여 노학당 등의 학교를 세워 조선독립정신을 고취시키면서 독립운동에 앞장섰다.

Hee Soon Yoon (1860-1935)

A Female Militia from Chuncheon Who Awakened the Spirit of Wives
(Translated by Justin Jang)

The sky is blue, when I am on the way to see my love in Gwancheonli
And there is a grave with yellow celandines of May

Hey, you youngsters surfing on the peaceful waves of Hongcheon River,
Do not disturb the eternal sleep of the female patriot,
Who lay here in this hill.

Arise, you wives, at our shaky homeland against the wind,
Hold the guns, you daughter-in-laws,
Go and help your sons and follow your husbands.

You have raised thirty female militia out of the small village of Gajeonli,
And founded a school in Hwanin Province of China
To raise patriotic army soldiers for our independence

The famous militia man Yu Hongseok is your father-in-law
And the superb leader Yu Jaewon is your husband
And the bloody independence war leader Yu Donsang is your son.
More, the great leader of the whole independence war is Yu Inseok, your father-in-law.

All your family members are of one and all for the sake of our country.
How can we express our gratitude through a single tombstone.

Caught while leading the youth independence forces in Musun,
You, Yun Heesoon, finally met your dead son who was tortured to death by Japanese army,
And, oh no, you joined your son in Haesung in Bongcheon Province
The poring rain is the tears of the world mourning your death.

尹熙順 獨立志士

舅翁韓末義兵將
家主先鋒抗日戰

兄弟在中光復軍
祖孫代表柳門彦

是爲盡殉於他邦
基豈皆銘以石面

越入遼東學校開
選勝島敵人才鍊

嘗成義女軍驚人
又作丙丁歌鼓煽

婦盍負糧從子行
娘當擧銃助夫戰

海城捐世永眠居
遼水落花風雨遍

行樂泛舟靑少年
莫醒她夢以請讛

妻の霊魂を教え悟らせる春川の女子義兵大将

尹熙順

春川の師に参りゆく空は青く
黄色い五月の草黄（クサノオウ）が　迎えてくれる墓
静かな洪川江の水の流れを分け進むモーターボートに乗る
人々よ
ここ この丘の
救国の一念で身を捧げた
女丈夫の永い眠りを妨げるな

風の前に揺らいでいる祖国
女房たちよ　立て
嫁たちよ銃を取れ
そして息子たちを助け夫のあとに続け

柯亭里　如愚川谷の女性義兵三十余名を育てた勢力
中国、桓仁県に老学堂学校を建て
優秀な独立軍を育てた熱血闘士

春川義兵長の舅、柳弘錫
抗日闘士の先鋒の将、夫の柳濟遠
熱血独立軍の息子、柳敦相
八道の倡義大将　嫁家の長老、柳麟錫…

柳氏の家門一族は一心同体、独立への輝かしい功績は
石碑一つでは称え尽くせず

撫順の独立青年団員を率いるが捕まり
日帝の酷い拷問の末に死んだ息子を抱きしめ
夕昏の奉天省海城県で義兵長の尹熙順が息を引き取った日
灰色の空から激しく降り注いだ雨よ、辛苦をなめた闘士の
涙であったか。

*尹熙順（ユンヒスン 1860～1935.8.1）
韓国最初の女子義兵将として活躍し、中国に亡命し老学堂などの学校を建て朝鮮独
立精神を鼓舞し独立運動の先頭に立った。

이별혼

이육사 시신을 거두며 맹세한 독립의 불꽃

전략의 세월
전기로 지져대며 살해우던
고춧가루 코에 넣고
감옥을 안방인 냥 드나들 때

항일 투쟁의 기로
소복명 종업원 일깨운
방직공장 들어가서
아버지 말씀따라 일본인

일을 하라
지금은 공부보다 나라우해

저허간 독립투사 그 얼마더냐
차디찬 시멘트 날바닥
멈춰버린 재깍 째깍 만상
오죽이나 아이들 멸깜인형 근물물에

온다가는 여름
경성감목 담쟁이 넝쿨 손잡고

우리라 못하고
범하던 이웃을
흰옷 입고
바다를 연모할 때도
건너산 벼들이

이무성 書畵
이윤옥 詩

어찌 육사 홀자 들었으랴
천갈으는 소리를
먼데 불빛처럼 들려오는

그러나 열꼬 비롭히 않았으리라
부여잡은 떠나도
뼈속으로 아픈 숯덩이 영혼

죽어 깡으리
광야의 육사도 그렇게 외롭게
새기던 나날

홀겉속에 들려오면 아버님 말씀
결코 팔아먹지마라
동지를 팔아먹지 마라
잡혀서 죽는 한이 있더라도 미만 죽어라

이육사 시신을 거두며
맹세한 독립의 불꽃 **이병희**

이병희 (1918.1.14~ 2012.8.2)
16살 때인 1933년 5월 경성에 있는 종연방적에 들어가 500여 명의 노동자들을 대표하여
항일운동을 전개하다 잡혀 서대문형무소에서 옥고를 치렀다. 모진 고문에도 동지를 팔지 않았으며
시인 이육사와 함께 독립운동을 하였다.

Byung Hee Lee (1918-)

Taking care of the dead body of poet Lee Yuksa,
pledged the fire ofIndependence
(Translated by Julia Park)

The summer when ivies climbed the wall of Kyung –Sung prison,

Children chatter in front of the torture chamber filled with waxed figures.

How many leaders of the national independence movement suffered on this cold cement floor!

"Work for the country; do not study now!"

Following the saying of my father, who worked in a Japanese cotten spinner factory

He awoke five hundred employees to fight against Japan,

Frequently in and out of prison,

He poured red pepper powder up his nose,

His body was burned by electric torture-- oh the days of terrible punishment!

Kill youself if that is your only option after being caught.

Don't betray your comrades. Never betray!

The days he engraved his father's words,

As Yuksa was dying alone in the wilderness.

Even as he was clenching his painfully longing soul,

He was never servile!

The rooster's crow was heard like a light in the distance.

Has Yuksa heard?

▌李丙嬉 獨立志士

夫曰國重於學問
此言銘肺實平生

鐘淵紡績童年入
習技勤勞卄歲迎

數百工員煽動罪
五年監獄刑期盈

能勝拷掠遂緘口
堪耐懷柔終守盟

民族詩人李陸史
至於獄死偕同程

黎明廣野移星座
遠聞晨鷄破寂聲

李陸史の屍を抱き取り誓った独立の火花
▌李丙禧

京城監獄の蔦が絡み合い昇ってゆく夏
この頃の子供らは蝋人形の拷問室で足を止めてはおしゃべりするが
冷たく固いセメントの床を踏んで死んだ独立闘士はどれほどか

今は学問より国のために働け
父の言葉に従い日本人の紡績工場に入り
五百名の従業員に教え学ばせた抗日闘争の道
監獄を足しげく出入りするとき
唐辛子の粉を鼻に入れ
電気であぶられ肌を焼かれた弾圧の月日

捕えられ死に至ろうとも、おまえだけが死ね
決して同志を売るな、絶対に売ってはならぬ
遠のく意識に聞こえきた父のお言葉を胸に刻んだ日々

荒野の李陸史もかくも寂寞と死んでいったか
骨が朽ちる痛み、魂まで真っ黒な炭になりはてても
決して屈しはしなかっただろう

遠く曙光のように聞こえてくる一番鶏の声を
どうして李陸史が独り聞いたといえようか。

*李丙禧(イビョンヒ　1918.1.14～ 2012.8.2)
16歳の1933年5月、京城にある鐘紡紡績に入り、500余名の労働者を代表して抗日運動を繰り広げ、捕えられて西大門刑務所で収監の辛苦をなめた。
酷い拷問にも同志の名をを明かさず、詩人李陸史とともに独立運動に身を投じた。

어린 핏덩이 대롱팽이란
왜놈에 굴하지 않어

이 어둠

이 윤 옥 詩
이 무 성 畵

원선리 산마루에 드리운 붉은 저녁 노을
촌 초당에 어리는 소나무 그림자가
길고 깁니다

어린 핏덩이 업고
삼월만세 뒷바라지 하다
왜놈에 아기 빼앗겨
살해되고
광대한 옥중에서 부르던 조국의 노래

식지 않은 그 열기
평양으로 원산으로 블라디보스톡으로
뛰어다니며
암흑의 조국에 빛으는 나룻신이여

어이타 스물일곱 그 아까운 나이에
왜놈의 모진 고문 끝에 죽이고
생의 긴 실타래를 놓으셨나요

어이타 그 주검
그리던 고국으로 오지 못하고
구만리 이역
이름모를 들판에서 헤메고 계시나요

오늘도 원산리 선영엔
심인권의 찬바람만
휭 하니
지나갑니다

이애라

암흑의 조국에
빛으로 우뚝 선

이애라 (李愛羅, 1894.1.7~1921.9.4)
1920년 애국부인회에 참여하였으며 어린 딸을 업고 다니다가 왜놈에게 들켜
아이를 바닥에 내동댕이칠 치는 슬픔을 겪으면서도 이에 굴하지 않고
독립운동을 하다가 스물일곱에 고문 후유증으로 숨졌으나 유해조차 돌아오지 못하고 있다.

Erah Lee (1894-1921)

the Mother who Held her Anger in Even When the Enemy Threw her Baby
(Translated by Heather Hyunjung Jeong)

The flaming sunsets in the Wulseon-ri ridge,

The shadows of the pine trees in Choonghontap are very long

Piggy backing her little child,

Devoting herself to the Samill independence movement,

With her child taken and killed by the enemy,

She sings the Korean national anthem in the deathly cold jail

Still her love for her country does not stop

Running toward Pyongyang, Wonsan, and Vladivostok,

Shining among the darkness of our country,

At a young age of twenty seven,

Not being able to handle the cruel tortures by the enemy,

Did she give up her life?

Oh that sword!

Not being able to go back to her mother country,

Having a long life ahead of her,

In a field unknown,

Today in Wolseon-ri Sunyoung,

The cold breeze of November flows by ... Are you lost?

李愛羅 獨立志士

月仙竣嶺黃昏拖
松影忠魂塔上波

被奪孺嬰當擲殺
不休萬歲抗倭魔

避追越境蘇聯入
慫憑思鄕獨立歌

亡命一年遺幼子
未成三十去因痾

夫居上海淚江積
魂在北方霜菊多

可惜故人何處浪
月昇鄕里朔風過

暗黒の祖国に光明として高く輝いた
李愛羅

月仙里の尾根に赤く燃える夕焼け
長い影法師が忠魂塔にかかるとき
私は独り立ち、そのお方を偲ぶ

冷たい石碑に刻まれた
あなたの御名を呼びつつ
枯れ葉の散る音を聞く

幼い乳飲み子を背負い
3.1万歳運動を支えたが
倭奴に赤ん坊を奪われ
あなたも冷たい監獄に囚われても

鉄格子から差し込む細い一筋の光を
見失うことなく
暗闇の祖国に
限りない希望として蘇られたお方よ！

平壤に
元山に
ウラジオストックにと飛び回りながら
声を大にして叫んだ祖国の光を求め
喜んで命まで捧げた方よ！

ああ、わずか27歳の花の若さで
人生の長い糸枷を置かれたのですね
ああ、九万里の異国
名も知らぬ平原から
今だにお戻りになれないのですか

今日も月仙里、先塋には
11月の冷たい風が虚ろに吹き過ぎます
寂しく吹き過ぎてゆきます。

*李愛羅（イエラ1894.1.7〜1921.9.4）
1920年愛国婦人会に加わり幼い娘を背負い通っていたが、倭奴に見つかり、赤ん坊
を床に叩きつけられた悲しみを味わいながらも、それに屈することなく、独立運動
を行ったが27歳で拷問の後遺症で息を引き取った。その遺骸さえ帰ってはこなかっ
た

열여섯
조선의용대
치마독립군 **전 월 순**

이 윤 옥 詩
이 무 성 畵

여산 안개 걷히고
대륙의 젖줄 장강 따라 흘러드는 곳
계림 동굴가 칠성공원 돌다리 숲 속엔
이름 모를 새들이 지저귀지만
칠십 해 머나먼 이 웃은
함빡 기쁨 눈이 들고 불연히 일어난 조선의용대
태극기 돌풍을 보여들던 곳

열여섯 꽃다운 처녀 독립군 되어
시퍼런 일본군 정벌하러 대나며 넘나들던
계림의 구름 계곡 골짜기
휘돌아치던 중원의 흙바람 먼지 일며
조여 오는 일본군 총칼 앞에 결코 굽히지 않아

'우리는 한국 독립군 조국을 찾는 용사로다
나가! 나가! 압록강 건너 백두산 넘어가자'
힘차게 압록강 행진곡 목 터지라 부르며
다가을 광복의 투지 그 선봉장 되신 이여

왜놈들 두려워 벌벌 떨던 의열단 처녀로 만나
백발은 가약
흑수도 신흥 광동 모두 바쳐 되찾은 조국 땅에서
장차게 우린 가게 계림의 산수자경 가는 사람들이—
볼쪽 볼쪽 솟은 기암들에서 울려다 볼때
골짜기 굽이마다 광복군 심은 넋 잊지 마시게

열여섯
조선의용대
처녀 독립군

전월순 (全月順, 1923.2.6~2009.5.25)
1939년 9월 중국 귀주성 계림에서 조선의용대에 입대하여 일본군에 대한 정보수집을 하는 등
광복군 제일지대 대원으로 활약하였다. 남편 김근수(金根洙) 애국지사도 함께 독립운동을 한 동지이다.

Wol Sun Jeon (1923-2009)

A sixteen-year old girl of joseon civilians army

(Translated by Hae Soo Park)

Pass the mist around Lushan,
the place follow along the flow of Yantze, the lifeline of the continent.
In the azure forest of Seven Star Park at Guilin,
unknown birds chirp.
But just about seventeen years ago, this place,
was where Chosun Yi-yong-dae* rose, courageously raising anti-Japan banner;
was where blood boiling compatriots congregated.

A sixteen-year-old girl became a soldier for national independence in the flower of her youth.
Spied out information from scary Japanese military,
crossing the valley of Guilin.
Never compromised in front of guns and knives of Japanese
who tightened her sweeping the central districts making dirt wind.
'We are Korean independence soldiers, the warriors to find our homeland
Proceed! Proceed! Let us pass Yalu River, Let us cross Baekdusan**,'
She who became the spearhead of the determined spirits
shouted her head off singing Yalu marching song.
Met a young man from 'Yi-yul-dan'* who trembled in fright of Japanese from fright,
and made a pledge of marriage.
Devoted dreams of furnishing or newlywed to regain her homeland.
People who watch landscape of Zhangjiajie and Yuanjiajie in Guilin,
when you look up to see the soaring bizarre stones,

do not forget the planted spirits of the independence army at every turn of the valley.

*volunteer corps
**a mountain located in the middle of North Korea and China, known to be the highest mountain in Korea.
***one of many organizations of military force for independence of Korea.

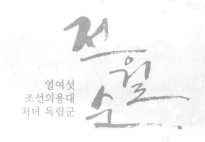

全月順 獨立志士

鶏林東嶺碧松稠
抗日同胞雄據留

皎月廬山雲霧破
長河大陸縦横流

白頭越去曲成唱
鴨綠行軍歌作謳

二八芳年參義勇
數三惑歳忘安休

先鋒前線善攻防
偵諜後方能報蒐

夫婦同參光復戰
將兵倍勇日新優

子昇三選議員職
母樹多功天主酬

女傑一生風雨過 충
九旬行迹有何羞

16歳の朝鮮義勇隊の乙女独立軍
全月順

蘆山の霧を払い
大陸の乳腺たる長江に沿い流れ込む所
桂林東霊街の七星公園　緑の木立には
名も知らぬ鳥たちがさえずっているが
七十余年前　ここで
抗日の旗を高く掲げ　奮然と立ち上がった朝鮮義勇隊
血の滾る同胞たちが集結した所

16歳の美しい乙女は独立軍に入り
膨大な日本軍の情報を探知しようと分け入った
桂林の九十九折渓谷
谷間に吹き荒れた
中原の土風に砂塵が舞い
迫り来た日本軍の銃剣の前に決して屈せず

「我らは韓国独立軍　祖国を取り戻す勇士だ
行け！行け！鴨緑江を越え白頭山を越え行こう」
力強く鴨緑江行進曲を喉も破れんばかりに歌いながら
握りしめた解放の闘志、その先鋒の将になられた人よ

倭奴が恐れ震えあがった義烈団の青年と出会い結んだ契り
婚礼家具も新婚の夢もすべて投げ打ち取り戻した祖国の地
張家界、袁家界、桂林の山水を見物に行く人々よ

にょきにょきと聳える奇岩怪石を見上げるとき
渓谷の谷ごとに光復軍が植えた魂を忘れないで下さい。

*全月順（チョンウォルスン 1923.2.6～2009.5.25）
1939年9月、中国廣西省 桂林で朝鮮義勇隊に入隊し日本軍に対して情報収集をするな
ど光復軍第一支隊、隊員として活躍した。

압록강 넘어
군자금 나르던
임시정부 안주인

이 윤 옥 詩
이 무 성 書畵

정정화

골목마다 돼지 있다
커진 주름 뒤에
수십 평상 국경 넘나드는 비월
몇번인가 죽음 앞에 맞으며
돌부리에 채이면서

창강을 채우고 넘친다
그가 흘린 눈물
군자금 나르던 가냘픈 새댁
압록강 너머 빼앗긴 조국땅 오가며
헌헌 뜨신 여자의 몸

물비 그 위로 배는 사람은 없다
강물 위에 배 띄우고 노래하지 만
지금 사람들
잠깐이 물본 그냥 흘러는 것이 아니다

별을 기억하겠지
압록의 푸른 물
일념
뚜여온 구름의
이름도 없이
빛도 없이
훈장따려 했겠나
나바리
깐깐한 임시정부 살림 살던
배고픈 독립투사 탓독이며
박박난 뒤주 뒤어

압록강 너머 군자금 나르던
임시정부 안주인 정정화

정정화 (鄭靖和, 1900.8.3~1991.11.2)
1919년 3·1 독립운동 직후 상해로 건너가 1930년까지 임시정부의 재정 지원을 위하여 목숨을 내걸고 국경을 넘나들며
독립운동자금을 모집하였으며 임시정부의 살림살이를 도맡아 독립투사들의 뒷바라지를 했다.

The mistress of the Shanghai provisional government,

Jung Jung-Hwa (1900~1991)

(Translated by Jung Min Lee)

The water of Jang* is not just flowing.
NowadaysPeople sail across the river humming
But no one asks where the water came from.
Alone, the body of a gaunt new bride,
Crossing over the Ap-lock** to the lost homeland,
Her tears fill and over flood the Jang*

Injuries from the tough road,
Conquest of life threatening dangers,
The traces of the time that she spent crossing over the frontier
Are left as deep wrinkles that cross over her forehead.
Had she spent the daysAppeasing the hunger of the nation's heroes
By gathering every grain of rice they had,
To be rewarded with a medal.With no glory or fame,
Working only with determination for the homeland's salvation.
Ap-lock**, you shall remember her.

*Jang is the Korean name for the Yangtze River
**Ap-lock is the Korean name for the Yalu River

鄭靖和 獨立志士

長江之水淚漦漦
不問緣由詎泛舟

十歲婚姻爲主婦
廿年亡命友鄕愁

朝中來往屢番復
獨立資金巨額蒐

臨府參加開活動
財政總管廢寧休

遂迎光復感歡喜
分斷大韓逢患憂

經亂漸難求職業
行商連命忘勞蒐

夫君拉北是誰罪
祖國她功以罰酬

九十星霜榮辱綴
長江日記恨長留

鴨綠江を越え軍資金を運んだ臨時政府の女主人
鄭靖和

長江の水はただ流れるのではない
人々は今
河面に船を浮かべ歌など歌う
だが、その水源を極める者はない

ただ独り女の身で
鴨緑江を越え、奪われた祖国を行き来し
軍資金を運んだか弱い新妻
彼女が流した涙は長江を満たし溢れた

石ころに足を取られ
何度も死線をさまよいながら
幾星霜か、国境を往来した歳月は
深い皺となり骨の節々に刻まれている

底をついた米櫃をこそげ
腹を空かせた独立闘士を叱咤し
貧しい臨時政府の財政を支えた日々
勲章を貰おうとやったのか

光も当たらず
名も無く、ただ駆け来た救国の一念
鴨緑江の青い水よ　お前は覚えているだろうよ。

*鄭靖和（チョンチョンフア 1900.8.3〜1991.11.2)
1919年3.1独立運動直後、上海に渡り1930年まで臨時政府の財政支援の
ために命を賭け、国境を越え行き来し独立運動の資金を集めた。臨時政府の財政管理
を一手に引受け、独立闘士たちの援助に尽くした。

광복군 주린 배 채우고 다독였어라
하루에도 열두 가마솥 뜨신 밥 해서
물설고 낯선곳에 맘들 곳은
내 동포 내 형제 지키는 일
그것뿐이라

붉은 꽃 가슴에 새겨 떠난 만주길
앞마당 뒤로하고
뭐어 놀던
봉숭아 물들이며
죽녕골 어린 새댁

정현숙
만주의 어머니
광복군 뒷바라지한

이무성 畵,
이윤옥 詩

기억 할까?

출중한 여장부 며느리

해주 오씨 문중에

그 누가 있어

광복의 노래

함께 부를

고이 키운 어린 딸 손 잡고

광복의 꿈 놓을 수 없어

거친 밥 먹을 지언정

토교에 천막치고

부평초 처럼 떠돌던 임시정부 시절

왜놈에 쫓기어 뿔뿔이 흩어진 가족

광복군 뒷바라지한
만주의 어머니 정현숙

정현숙 (鄭賢淑, 정정산, 1900. 3.13 ～ 1992. 8. 3)
시아버지 오인수 의병장, 남편 오광선 장군과 오희영, 희옥 자매
그리고 사위 신송식 까지 일가족이 독립운동에 헌신했다.
특히 중국 남경에서 대한민국임시정부 요인들의 뒷바라지와 함께
1941년 한국혁명여성동맹을 결성하여 맹활약을 하는 한편,
1944년경 한국독립당 당원으로 조국의 독립을 위해 투쟁하였다.

The Mother of Manchuria who took care of the Independence Army of Korea,
Jeong Hyunsuk
(Translated by Lee, KwangYu)

A young new bride in Jukneunggol,
leaving the front yard behind
where she romped around, coloring her fingernails with balsam,
left for Manchuria with the red flower carved in her heart.

The only thing for her to rely on
in the strange and unfamiliar area
was taking care of her sisters and brothers
who came from the same country.

Cooking rice of twelve Iron pots a day,
she gratified and comforted the hunger of the Independence Army.

The whole family scattered here and there
by the chase of the Japanese Army,
also Provisional Government of the Republic of Korea
wandered like a floating weed.

Even if pitching tents in Togyo and eating coarse rice,
never gave up the hope of Independence.

The song of Independence sung together
with holding hands of the young daughter

Who will remember that she was there
among the Oh family
a prominent daughter-in-law was there?

(Jukneunggol: name of a region, Togyo: name of a place in China)

鄭賢淑 獨立志士

竹陵二七幼新婦

染爪鳳仙跳躍欣

回首故園從舅婦

從身他國訪夫君

未過鴨綠語相似

已越白頭風異分

帳幕定村垂薄暮

舉顔望野遍盧雲

찬炊十二日常事

食客三千光復軍

避逮舉家離——

異邦各處散紛紛

併肩合唱與童女

獨立歌聲噴遠薰

有孰能知吳氏宅

滿洲之母就殊勳

光復軍を支えた満州の母
鄭賢淑

龍仁の幼い新妻
鳳仙花で爪を染め遊び回った
前庭を後にして
紅い花を胸に刻み、向かった満州への道

見知らぬ他国で心を寄せる所は
我が同胞兄弟を守ることのみだと

一日に12回も食事の支度をなさり
光復軍の空腹を満たしてやったのか

倭奴に追われ、ちりぢりに離散した家族
浮草のように流転した臨時政府時代
中國のトキョに天幕を張り粗飯を食べようとも
光復を諦めたことなく

慈しみ育てた娘の手を引き
共に歌った光復の歌

誰がいようか
海州呉氏　家門中にひときわ秀でた
女丈夫の嫁を覚えていてやれようか？

*鄭賢淑(チョンヒョンスク,1900. 3.13～1992. 8.3)
満州などで独立軍の世話をしながら、自らも1941年、韓國革命女性同盟を結成して猛
活躍をした。夫を始め二人の娘まで一家の独立運動で有名である。

조마리아

옥중의 아들
중근의 어머니

조 마리아 (미상 ~ 1927.7.15)
사형을 앞둔 아들 안중근에게 "어미는 현세에서 너와 재회하길 원하지 아니한다.
옳은 일을 하고 받은 형이니 결코 비겁하게 삶을 구하지 말고
떳떳하게 죽는 것이 어미에 대한 효도이다." 라며 아들에게 옥중 편지를 썼다.
1926년 7월 19일에 조직된 상해 재류동포정부경제후원회 위원을 맡는 등
아들 안중근 못지않은 독립운동가이다.

목숨이 경각인 아들 안중근에게

조마리아

아들아 옥중의 아들아
목숨이 경각인 아들아
칼이든 총이든
당당히 받아라

이 어미 밤새
네 수의 지으며
결코 울지 않았다

사나이 세상에 태어나
조국을 위해 싸우다 죽는것
그보다 더한 영광 없을진데

비굽지 말고
당당히
왜놈 순사를 호령하며
생을 마감하라

하늘님 거기 계셔
내 아들 거두고
이 늙은 에미 뒤쫓는 날

빼앗긴 조국의
푸른 하늘
푸른 새되어
다시 만나자

아들아
옥중의 아들아
목숨이 경각인 아들아
아!
나의 사랑하는 아들 중근아

이무성 畵
이윤옥 詩

To Son Joong-geun Ahn Whose Life is at Risk,

Maria Cho (Unknown- 1927)

(Translated by Kevin Choi)

Dear son

Dear son in prison

Dear son whose life is at risk

Swords or guns, face them with confidence

This mother,s

Ewing your shroud uniform all night,

Has never wept

A man, given life to this world,

To die fighting for homeland

There is no greater glory than that

Don't grovel;

With confidence,

End your life ruling over the jap police

When the god up there

Takes my son

And chases this old mother,

We shall meet again

As we would be the blue sky,

The blue birdsof our regained homeland

Dear sondear son in prison

Dear son whose life is at risk

Alas!

Dear my loving son joong-geun.

趙瑪利亞 獨立志士

子乎子也獄中子
命在時方頃刻只

雛堂劍下莫回頭
縱立銃前毋變矢

堂堂號令島倭非
蕭蕭歸依天主是

捨身取義爲夫榮
初志臨終雪國恥

少遺老往是常途
我後汝先何道理

晨裁麻布弄紗針
夜製壽衣忘淚水

還生靑鳥碧空飛
願遇大韓光復喜

嗚呼萬代義男兒
痛惜重根吾愛子

獄中の息子　重根の母

趙マリア

息子よ
獄中の息子よ
余命幾ばくもない息子よ
刀なり銃なりを潔く受けよ

この母は　夜中に
おまえの経帷子を縫いつつも
決して涙は見せなかった

男がこの世に生まれ
祖国のために戦い死すことは
これにも増す栄光はないとすべし

卑屈にならず
堂々と
倭奴の巡査を一喝し生を全うせよ
神はそこにあらせられ
我が息子の死を看取り
この老いた母が後を追う日

光を取りもどした祖国の
青い空で
青い鳥となり
再び会おうよ

息子よ
獄にいる息子よ
余命幾ばくもない息子や

ああ！
我が愛する重根や　と
絶叫なさった母よ！

*趙マリア（チョマリア　不詳〜1927.7.15）
死刑をひかえた息子安重根に「母はこの世でお前と再び会おうとは思わない。正しいことをして受ける刑ゆえ決して卑怯に命乞いをせず、潔く死ぬことが母に対する孝行だ」と獄中の息子に手紙を書いた。1926年7月19日に、組織された上海在留同胞政府経済後援会の委員を任されるなど、息子の安重根に劣らない独立運動家である。

심은 민족혼
나라 잃고 내까 있다
일본말을 배워야 원수를 갚는다
여자도 배워야 산다

가문 역적 교장 선생님
머리에 돌이고 저 나르며
폐교 위기 진명 여학교 딸아
스스로 가시밭길 내디딘 운명
박차고
일제에 아부하며 환영 받았을 봄
일본 유학까지 마친 엘리트

조선넋

가슴에 육혈포 한 한 다이너마이트를

이무성 畵
이윤옥 詩

여자도 배
일본말을 배

암사자

대륙을 포효하던
두려워 떨면
왜군 순사도
살랭이처럼 서둘퍼건

각오한 길
죽어 이름을 남기리라
산아 이름 구걸치 않고
살벌이는 시간도의 밤
별조차 숨에버린

뒤에도 항일
다이너마이트를 품고
몸으로 육혈포, 탄환,
맨주벽 관전현 맹산 독립단 자위

가슴에 육혈포, 탄환,
다이너마이트를 품고 떤

조신성

조신성 (趙信聖, 1873 ~1953.5.5)
평남 맹산에서 대한독립청년단을 결성하여 독립사상 고취, 군자금 모집,
관공서 파괴 등의 투쟁을 펴나갔다. 가슴에는 언제 육혈포, 탄환을 지니고 있었다.

Whoran embracing a loaded gun and dynamite,

Jo Sinseong

(Translated by Lee, KwangYu)

Finishing as a top student in Japan,

She could have impressed many, but was overwhelmed with sadness.

The potential for glory burned her as though she had walked into fire.

Instead, she became the principal of the desperate Korean Jin Myung girls high school.

The fire now burned inside.She learned to revive,

Struggling with their language to survive.

As there is Korea there am I -

With Patriotism in my mind.

She raised the revolution on Manju field

Guns, bullets, and dynamites in her heart.

On a cold night in seogando even the stars are dim.

She didn't create herself by living;

Only in death would she be known.

Even wildcat Japanese police

Feared her,

As she roared like a lion

Throughout the island.

Jo sin sung

Leaving her name behind

Who dares to ask for a boy's spirit

┃趙信聖 獨立鬪士

青孀渡海了留學
全力啓蒙閨內娘

在任進明校長職
夜間戴石築成墻

應知日語能讎報
須習新文使女强

國必有而生種族
魂當存以就希望

結成獨立靑年會
推戴朝鮮權友長

常帶彈丸藏銃砲
敢行肉薄負創傷

破岩氣像日軍慄
熱烈鬪魂倭警惶

鋼鐵婦人趙信聖
咆哮東北猛虎娘

胸に拳銃、弾丸、ダイナマイトを抱き駆けた
┃趙信聖

日本留学まで果たした秀才
日帝に媚びれば厚遇された身ながら
それを退け
みずから茨の道に踏み出した運命
閉校の危機にあった進明女学校を任され
石を運び学校を立てたがむしゃらな校長先生

女子も勉強してこそ生きる
日本語を学んでこそ怨讐を晴らすのだ
国があって私がいる
植え付けた民族魂

満州の平原を行き来し独立団を育て
体に拳銃、弾丸、ダイナマイトを抱いて飛び込んだ抗日運動

星さえ隠れ身も切られるような西間島の夜
生きて名を惜しむことなかれ
死んで名を残すべしと覚悟した道

ヤマネコのような狡猾な日本の巡査も
怖がり震えた大陸に名を轟かせたメスライオン
趙信聖

その名前をもって
男子の気概を問う者はいないであろう。

*趙信聖 (チョシンソン1873〜1953.5.5)
平南、孟山で大韓独立青年団を結成し、独立思想の氣運を高め、軍資金の募集、官公
庁の破壊などの闘争を繰り広げた。胸にはいつも拳銃、弾丸を秘めていた。

지복영
한국의 잔 다르크
지청천 장군의 딸

지복영 (池復榮, 1920.4.11~2007.4.18)
1938년에 중국 유주에서 한국광복진선청년공작대 대원으로 활동했으며
1940년 9월 17일 광복군에 입대하여 조선독립을 위해 싸웠다.

한국의 잔다르크 지청천 장군의 딸

이무성 畵

이윤옥 詩

지복영

밤보다 어두운 풍경의 땅
방공호 드나들며 일본군 공습 피하다 그만
퍼붓는 포탄에 창자 터져 죽은
    중국인 여자

핏덩이 아기만 살아 어머니 젖가슴을
    파고든다

눈앞에 펼쳐진 포화속 비극을 보며
석박사 보장된 길 내던지고
따라간 새벽 잠자리 따라나선
    광복군의 길
서안의 최전선으로 떠나는 딸
    어깨 다독이며
한국의 잔다르크 되라고 용기 주시던
    아버지

나라 사랑하는 사람 많은 듯 해도
포탄이 비오듯 퍼붓는 전선으로
    갈자 많지 않아——

낯선 풍토 견디내다 병든 몸
후송된 후방에서 쉴 수만 없어

눈물을 가다듬고
곧 다가올 새벽을 기다리며
총대 메던 손 다시 펜을 고쳐잡고
오천년 사직을 노래하며
잠든 겨레 홀
    일깨운 이여!

Bok Young Jee (1920-2007)

a Korean Jeanne d'Arc, a Daughter of General Cheongcheon Jee
(Translated by Eugenia Kim)

In Joongkyung, a place thicker than black,

our legs escaped to shelter,

while the Japanese hurt us with fire above.

We were safer in the shadows,

but our eyes quietly watched as a Chinese woman cried flying to the ground in red pieces,

unrecognizably.

Her baby crawled into her bosom,innocent.

One could only see pain in my eyes,

strayed from my first path;

thinking no need for herbs,

we needed more red on the enemy.

Encouraging words of my father,

encouraged to become our savior.

Originally as a doctor,I learned of war.

Father's words felt full of pride.

Patriotism is looked highly upon,

but most do not go back into the falling lights.

Even so, patriotism is for the others, one says.

Doctors can save,but not from the spread of patriotism.

The resistance is like an epidemic;

cannot rest until finished.Still I wait;

still I wait for light to come back into Joongkyung;

for my imagined hope to become a light to my candle in prayer.

I grab the pen before the rifle,

I sing the song of our forefathers – who awoke my red tears.

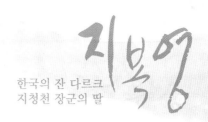

▌池復榮 獨立鬪士

重慶市街當爆擊
血流處處修羅場

少媓腹破臥中路
孺子拳攻吮乳房

其孰冷情過慘狀
乃她熱淚鼓心腸

父嚴命曰愛吾女
汝範佛之救國娘

擧銃投書戰線向
越山渡水西安茫

敢蒙雨彈抗倭鬪
不適水風罹病傷

轉任後方勞獎學
敎醒同族抱希望

謳歌社稷五千歲
光復大韓彰太陽

韓国のジャンヌダルク池青天将軍の娘
▌池復栄

闇よりなお暗い重慶の大地
防空壕を出入りし日本軍の空襲を避けたその日
降り注ぐ爆弾に腸をえぐられ息絶えた中国の女たち
母の胸に抱え込まれ、独り生き残った乳飲み子

目の前に炸裂した砲火の中の悲劇を見て
平穏な学者の道を投げ出し
厩で身を縮め眠りつつ従軍した光復軍の道
西安の最前線へ発つ娘の肩を叩き
韓国のジャンヌダルクとなれ、と勇気を授けた父

国を愛する人は多くいようとも
雨のように砲弾が降り注ぐ戦線へ行こうとする者は多くは
いない
慣れぬ風土に耐え抜き病を得た身
護送された後方で休んでなどいられず
涙を飲み必ず来る夜明けを待ちつつ
銃床を担いだ手に再びペンを持ちかえ
5千年の 歴史を歌いながら
身罷った同胞の魂を目覚めさせる人よ！

*池復栄（チボンヨン1920.4.11～2007.4.18)
1938年に中国柳州で韓国光復陣線青年工作隊の隊員として活動しながら
1940年9月17日、光復軍に入隊し朝鮮独立のために戦った。

조선여성을
무지 속에서
해방한

차
미
리
사

이
부
영
화

이
윤
옥
글

시집살이에 쪼들리는 여자
무식하다고 남편에게 구박받는 여자
집안에만 들어앉아 세상 물정 모르는 여자들
야학에 불러모아 글을 깨우치고
나라의 위기를 가르치길 수없이상

배우지 않는 게으름으로
조국 광복 볼할수 없네
불철주야 조선여자 일깨우려
삼천리 방방곡곡 밟지 않은 곳 그 어디랴

무궁화 꽃 심듯 일군 근화학교
왜놈들 이름 바꾸라 총 들이대
바꾼 이름 덕성은 조선여자교육의 요람

매국의 더러운 돈 한푼 섞지 않고
깨끗한 조선의 돈 으로만 일구어
더욱 값진 학문의 전당

청각장애 딛고 일어나
조선 독립의 밑거름을 키워 낸
영원한
　　겨레의 스승
　　그이름
　　차미리사─여!

차미리사
조선 여성을
무지 속에서 해방한

차미리사 (車美理士, 1880.8.21~1955.6.1)
"우리는 다 나가서 죽더라도 독립을 해야 한다. 죽는 것이 사는 것이다. 나라 없는 설움은 당해 본 사람만이 안다.
내 한 목숨이 죽고 나라를 찾으면 대대손손이 다 잘살 것이 아닌가!" 라는 정신으로 근대 민족교육운동에 앞장섰으며
현 덕성여자대학을 설립한 애국지사이다.

Ma-ri-sa Cha (1880-1955)

the one who saved Chosun women from ignorance
(Translated by Julia Park)

Women who suffered in her marriage,

Women who were abused by her husband for their ignorance,

Women who were secluded from the world staying home,

Call them to school by night to enlighten them with the power of words,

To teach them about their endangered nation.

If we are too lazy to learn

We cannot argue over the nation's independence,

Awakening the Chosun women,

There was no place she had not stepped in Korea.

Hibiscus School established with the passionate mind of planting Hibiscus flowers,

When the Japanese troops forcefully changed the name,

The name became "Duk-sung," the incubation of women's education.

Do not intermix the traitors' money,

But cultivate the fruit of your works with Chosun currency.

Valuable is the center for education.

Overcoming the women's deafness,

Fertilizing the independence of Chosun,

The eternal mentor of the nation,

The name, Cha-ma-ri-sa!

▌車美利士 獨立志士

妙齡爲寡究神學
番與米洲中國緣

勉勵工夫喪聽覺

遂完螢雪返朝鮮

次巡積恨閭閻宅
想起無量女性權

地下塾開培養媛

槿花校設育成賢

恨山淚海七旬史
春雨秋風三十年

民族永師車美理
先驅敎育降臨仙

朝鮮の女性たちを無知から解放した
▌車美理士

婚家の暮らしに困窮する女たち
無知であると夫に暴力を振るわれる女たち
家だけに閉じこもり世の実情を知らない女たちを
夜学に呼び集め、字を教え
国の危機を教えた数十年の歳月

学ばぬ怠け者では
祖国の光復は論じ得ず
昼夜を分かたず朝鮮の女性を目覚めさせようと
三千里津々浦々、踏まない地はどこにあろう

無窮花の花を植えるようにと幹部の槿花女学校
倭奴たちが名前を変えろと銃を突きつけ
替えさせた名、徳成女学校は朝鮮の女子教育の揺りかご

賣国の汚れた金は一銭も混ぜず
清い朝鮮の金だけで建てたゆえに
なお一層貴い学問の殿堂

聴覚に障害を得ても立ち上がり
朝鮮独立の礎を築きあげた
永遠なる同胞の師
その名、車美理士よ！

*車美理士（チャミリサ 1880.8.21〜1955.6.1)
「我らは　皆出てゆき死のうとも独立せねばならない。死ぬことは生きるこ
とだ。亡国の悲しみは直面してみた人にかわからない。今、私の命が失われても祖
国を取り戻せるのなら、子々孫々みな幸せに生きるのはないか！」という精神で近
代の民族教育運動の先頭に立ち、今日の徳成女子大学を設立した愛国の士である。

허은

아직도 서간도 바람으로
흩날리는 들꽃

허은 (許銀, 1907.1.3~1997.5.19)
대한민국임시정부의 초대국무령인 석주 이상룡 선생의 손자며느리이자,
한말 의병장이던 왕산가의 손녀로 독립투사 뒷바라지에 일생을 바쳤다.

아직도 시간도 바람으로
흘날리는 들꽃

허물

이 윤 옥 詩畵
이 무 성

풀꽃이 바람에 타지 꺼였니

돌림따라 밤하늘의 별들

조잘거리던 그 밤

두견이 울다

물 아래 돌은 무슨 말로
옛 이야길 생각할거야

술이 익지 않아
조선 땅씨 유골들과 되 찾기련
빼앗긴 땅에 빼앗기련

스무해 남짓 이었어라

쪽발꾼 독발지

맞추 땅에 겯거하며

임 향한 줄루돌 님 홍덕

태불로 내해 오면

꿈

중국 강복의 꿈

실하래 없드시 태리니

한반도 해양이 떠오르라

번어 불이 깊을 높여주울

밤이 가고 아침이 되면

품꽃이 없어라

꽃도 한송이

경덕 님으로

눈으로 보면 한송이

셔산을 보진 바싹

꺼이지 않고

그래 누운 우리 임 정

엄 꺼 별은 삶의

애달픈 온몸의 사우 속에

밤백의 시간이어

밤의 집 물간 밤 떠 돌던

일곱 밤에 떠지고

물감 속방향

장사치들 폴돌 없이

고운으로 숨겨간 남편

밤먹듯 들과 툴빗 남편

You were a yellow flower, **Eun Heo** (1907-1997)
(Translated by Jenny Lee)

The jong taek passed down from generation to generations
Mistress of im chung gak
Leaving behind a palatial house
To wonder around manchuria, taking care of the soldiers
The twenty years of her life

Until our nation was regained,
Not even remains were to be let in
The night when she walked away
From the unfamiliar parched land where grandfather suk ju lies
The cold stars in the whispering night sky

When darkness fades and morning comes,
A resplendent sun will rise to melt our frozen hearts
The never forgotten dream of liberation
Embraced as it swathe around
The promise told to be untangled is twisted again

A husband forever lost by endless tortures

Oh, the time spent wondering around stranger's yard
Salong with her seven children

A life entangled by a heartrending chain of faith
But rather be ill than to give up

You were a yellow flower
Standing tall against the harsh wind of suh gan do

아직도 서간도 바람으로
흩날리는 들꽃

許銀 獨立志士

今なお西間島の風に舞い散る野の花
許銀

宗宅生長豪奢安
幼年從親舊基拌

代を重ね来た由緒ある宗家
臨清閣の女主人
クジラの背のような大きな家をあとにし
満州を転転としつつ独立軍を支援して
もう20年の歳月

西間島雪舌脣凍
北滿州風毛骨寒

奪われた国を取り戻す前には
祖国の地に遺骨さえも帰してはならなぬ、と
息絶えた石州の祖父を
見知らぬ他国の山河に葬り振り返ったとき
さんざめく夜空の星々までが凍っていたその夜

獨立軍人恒日訪
堪當夜食毎時難

舅言解放前身去
汝莫吾骸故國搬

夜が去り朝になれば
凍り付いていた胸も溶け
燦燦たる太陽が昇ると
ひと時も忘れない祖国の光復の夢を
ぐるぐると糸枷を束ねるように抱いて来たが
ほどくだろうという約束が又絡まったのか

不惑而夫因病死
家無葬費有長嘆

茶飯事のごとく出入りした刑務所の拷問に息絶えた夫
葬式の金も無く
ぞろぞろと7人の子どもを連れて
他家の門番小屋に寝起きした50年の年月よ

七人子女偕同道
百歳霜風菊未殘

耐えがたい運命の鎖の中にもつれた命
だが、倒れても折れることなく
西間島の激しい風に耐え抜いたお方は
黄色い一輪の花であったろう。

*許銀（ホウン1907.1.3〜1997.5.19)
韓民国臨時政府の初代国務領（大統領）、石州　李相龍先生の孫の嫁であり、大韓
帝国の末期、義兵将であった旺山家の孫娘として独立闘士の援助に一生を捧げた。

참아이들

이무성 畵
이윤옥 詩

너른 그늘 드리웠다네
광복의 푸른 숲
새싹 돋듯 퍼져나가
삼천리 방방곡곡
인재
잡아내 떼 키워 낸
겨레 넋
그 속에서
만든 송죽회
곧은 대쪽같은 김신 을
늘푸른 소나무와
굴하지 않고
어떻한 압제에도

황애시덕
불멸의 독립운동 여류 거물

황애시덕 (黃愛施德, 1892.4.19~1971.8.24)
평양 숭의여학교 교사로 민족정신을 북돋우는 교육에 전념했다.
송죽회를 조직하여 애국사상을 드높이고 군자금을 마련하여 중국의 항일독립단체를 적극 지원하였다.

Aesideok Hwang (1892-1971)

the Great Heroine of the Immortal Independence Movement
(Translated by Eugenia Kim)

Raising the future hero of Korea,

she raised her son Yonshin Choi

lived on barren and ruined,

her beloved Korean country land,

on the colonial farm.

Thirteen years as a student,

she never gave up.

Her parents encouraged her,

knowing she would become great.

Under the most difficult of circumstances,

she did not surrender.

An evergreen tree she was,

a symbol of fairness and strength,

similar to the bamboo tree.In the same environment,

she raised another Korean hero;

one with her patriotic spirit.

Her spirit roams the lands,

everywhere in Korea for independence.

It is like the evergreen,

the evergreen spreading like shadows.

▌黃愛施德 獨立志士

十有三時欲入校
閉門斷食得親諒

西歐留學究敎育
祖國歸還爲棟梁

播夢受難關大衆
陶成常綠樹崔娘

啓蒙民族魂培養
善導農村習改良

如竹如松松竹會
愛民愛國國民堂

坊坊曲曲三千里
光復波高夏日長

不滅の独立運動家、女性の大人物
▌黃愛施德

疲弊した植民地の農村に若い芽を植えるごとく
安山泉谷の常緑樹の主人公崔容信を育て上げ
蒙昧な農村を目覚めさせた力は
骨身に深く染みこんだ国を愛する精神だ

13歳の少女が食を断ってまで願い出た学問の道
父も母も仕方なく娘を許し
長じては立派な祖国の柱になったものよ

いかなる圧制にも屈することなく
緑を絶やさぬ松と
固い竹にも似た精神で創った松竹会
その中で同胞の魂、同胞の精神を
植え付け育て上げた若者たち

三千里津々浦々、新芽の芽吹くように広がった
光復の青い松
その大いなる影は今も差して。

*黃愛施德（ファンエスト⊠ 1892.4.19～1971.8.24）
平壌の崇義女学校の教師として民族精神を教え育てる教育に専念した。松竹会（抗日秘密結社）を組織し愛国思想を高め、軍資金を用意し中国の抗日独立団体を積極的に支援した。

전국 100여 곳 언론에서 극찬한
이윤옥 시인의 《서간도에 들꽃 피다》 1권

화려한 도회지 꽃집에 앉아 본 적 없는

외로운 만주 벌판 찬이슬 거센 바람 속에서도

결코 쓰러지지 않는 생명력으로

조국 광복의 밑거름이 된 여성독립운동가들의 이야기

〈차 례〉

※ 교보, 영풍, 예스24, 반디앤루이스, 알라딘, 인터파크 서점에서 구입하거나

〈도서출판얼레빗, 전화 02-733-5027, 전송 02-733-5028〉에서 살 수 있습니다. (대량 구입 시 문의 바랍니다)

전국 100 여 곳 언론에서 극찬한
이윤옥 시인의 《서간도에 들꽃 피다》 2권

챠우쉔화(朝鮮花)는 조선의 독립을 보지 못하고 중국땅에서 죽어간 사람들의 무덤에 핀 노오란 들국화를 현지인들이 애처로워 부른 이름입니다.

자료 부족 속에서 이번 〈2집〉을 꾸리는데 많은 어려움이 따랐습니다. 그럼에도, 이 작업을 계속하는 까닭은 이러한 여성독립운동가들에 대한 이야기를 통해 그 시대 여성의 삶을 이해하고 그분들의 나라 사랑 정신을 우리가 보고 배웠으면 하는 바람이 있기 때문입니다.

〈차 례〉

※ 교보, 영풍, 예스24, 반디앤루이스, 알라딘, 인터파크 서점에서 구입하거나 〈도서출판얼레빗, 전화 02-733-5027, 전송 02-733-5028)에서 살 수 있습니다. (대량 구입 시 문의 바랍니다)

전국 100여 곳 언론에서 극찬한

이윤옥 시인의 《서간도에 들꽃 피다》 3권

"아! 우리 동포들아 기회는 두 번 다시 오지 않으니
때를 당하여 맹렬히 일어나 멸망의 거리로부터
자유의 낙원으로 약진하라.
자유가 속박에 사는 것보다 나으리라."

– 목포정명여중 천장 공사 중 발견된 격문 가운데 –

<차 례>

* 교보문고, 영풍문고, 예스24, 반디앤루이스, 알라딘, 인터파크 등에서 사시거나

〈도서출판 얼레빗, 전화 02-733-5027, 전송(팩스) 02-733-5028〉에서도 살 수 있습니다. (많이 사실 때는 문의 바랍니다)

나는 여성독립운동가다

초판 1쇄 4346년(2013) 8월 15일 펴냄

ⓒ이윤옥, 단기4346년(2013)

그림 • 이무성 / **시** • 이윤옥

편집디자인 이지혜

박은 곳 광일인쇄(02-2277-4941)

펴낸 곳 도서출판 얼레빗

등록일자 단기4343년(2010) 5월 28일

등록번호 제000067호

주소 서울시 종로구 당주동 2-2, 영진빌딩 703호

전화 (02) 733-5027

전송 (02) 733-5028

누리편지 pine9969@hanmail.net

ISBN 978-89-964593-7-8

제작지원 국가보훈처, 서울지방보훈청, 서대문형무소역사관

값 24,000원

* 잘못된 책은 바꿔드립니다.